THE IMPOSSIBLE BOY

임파서블 보이

임파서블 보이

글 | 벤 브룩스　옮김 | 허 진

WB
위니더북

1

나뭇가지가 바람에 흔들리며 교실 창문을 톡톡 두드렸다. 창가에는 꼬마전구가 반짝였고, 올렉과 엠마는 교실 뒤편에 앉아 귀가 얼 것 같다며 소곤거렸다.

크리스마스를 앞둔 월요일이었다.

선생님 말에는 아무도 관심이 없었다.

아이들 앞에 선 선생님은 심지어 담임 선생님도 아니었다. 죽은 왕들이름이나 별의 폭발, 백만에서 십억까지 읽는 법에 열을 올리던 담임 선생님이 아닌 웬 낯선 선생님이 서 있었다. 사흘 전에 말에서 떨어진 담임 선생님을 대신해 6학년 반을 맡은 임시 선생님이었다.

담임 선생님이 어쩌다 말에 올라탔는지는 아무도 모른다. 확실한 것은 밤색 말에서 떨어졌다는 것과 왼쪽 다리뼈 세 군데가 부러졌다는 사실이다. 그 덕분에 선생님은 한동안 병실에 누워 멀건 차나 내내 들이켜야 했다. 출석을 부르거나 스콧에게 배꼽을 후벼선 안 된다고 타이르는 일 같은 건 할 수 없었다.

임시 선생님은 한 눈에 봐도 독특한 사람이었다. 흰 양말에 샌들을 신었고 몸에서 우유 냄새를 풀풀 풍겼다.

"여러분, 안녕?"

임시 선생님이 큰 소리로 인사했다. 몸을 앞으로 숙인 채 손을 오므려 귀에 대는 시늉까지 곁들였다.

교실에는 정적이 감돌았다.

귀가 떨어질 듯이 추운 아침, 선생님의 우스꽝스러운 인사에 넉살 좋게 맞장구칠 아이는 없었다. 다들 손을 비비고 다리를 꼬며 체온을 유지하기에도 바빴다. 아니면 운동장을 덮은 솜이불 같은 눈에 마음을 빼앗겼다. 새하얀 도화지 같은 눈밭에는 발자국 몇 개가 새겨져 있었다. 눈은 어서 뭉쳐서 던져주길 기다리는 것 같았다.

"다시 한번 해볼까? 여러분, 안녕?"

선생님이 팔을 크게 흔들며 한 번 더 외쳤다.

여전히 대답이 없었다.

선생님의 열정은 15초 만에 막을 내렸다. 느닷없이 깜빡거리는 전등을 껐다 키고, 윙윙거리는 라디에이터를 발로 뻥 차더니 칠판에 이름을 휘갈겨 썼다. 선생님의 이름은 클레이였다.

그러고는 아이들에게 빈 종이를 한 장씩 나눠주었다. 간단한 자기소개와 몹시 추웠던 지난 주말에 한 일을 적으라고 했다.

아이들은 이내 짝꿍과 킥킥거리고 낙서를 하며 소란을 피웠다.

올렉과 엠마는 연초부터 해오던 놀이를 하기로 했다. 따분할 때마다 즐겨 하던 놀이였다.

상상 친구 만들기. 놀이를 시작한 계기는 단순했다. 달타냥의 세 친구와 아기 돼지 삼형제, 믿음 소망 사랑 모두 셋인데 올렉과 엠마는 둘이었다. 사실 원래는 셋이었다. 세라가 전학가기 전까지는. 세라의 엄마는 초롱꽃으로 뒤덮인 숲에서 세라를 키우길 원했다. 그렇게 세 번째 친구가 둘을 떠났다. 올렉과 엠마는 세라가 그리웠다. 반 친구 중 누구도 세라의 자리를 대신할 수 없었다.

라이언은 지나치게 진지하고 기차만 아는 외골수였다.

오라는 친구보다 선생님에게 더 관심이 많았다.

톰은 말을 너무 천천히 해서 끝까지 말한 적이 거의 없었다.

스콧은 습관적으로 뭐든지 걷어찼다.

캘리는 입만 열면 거짓말을 했다.

엘리사는 자기보다 행복해 보이거나 얼굴이 어둡거나 조용한 아이에게 짓궂게 굴었다.

상황이 이렇다보니 올렉과 엠마는 둘로 만족하기로 했다. 대신 틈날 때마다 세 번째 친구를 상상했다. 물론 진정으로 세라를 대신할 사람은 없었다. 가장 좋은 것은 세라의 엄마가 숲도 초롱꽃도 진절머리를 내며 도시로 돌아오는 것이지만, 그런 일은 일어나지 않는다는 걸 둘은 알고 있었다.

"서둘러. 얼른 쓰고 친구 만들어야지."

엠마가 말했다.

"대충 쓰면 안 돼. 첫인상이 중요하단 말이야."

올렉은 고개도 들지 않고 대답했다.

"선생님이 이걸 다 읽을 거라고 생각해?"

"만약 다 읽으시면?"

"선생님!"

엘리사가 손을 번쩍 들었다.

"올렉이랑 엠마 떠들어요."

선생님이 한숨을 쉬었다.

"그래서 무슨 문제라도?"

"방해되잖아요."

오라가 거들었다.

"쟤네 서로 상대방 콧구멍도 후볐어요."

캘리가 불쑥 끼어들었다.

"선생님, 맹세코 그런 짓 한 적 없어요. 캘리는 거짓말쟁이예요."

엠마가 캘리를 노려보았다.

"거짓말한 적 없거든?"

"지금도 거짓말하고 있잖아."

"거짓말 아냐."

"맞잖아."

"저기….."

톰이 천천히 입을 열었다.

"지금… 그러니까… 내가… 이걸 쓰려고… 열심히… 생각 중인데….."

스콧이 톰의 의자를 발로 뻥 찼다.

"모두 조용!"

선생님이 주먹으로 책상을 쾅 내리치며 소리를 빽 질렀다. 열여덟 명의 6학년 아이들은 순간 움찔했다.

"써야 할 건 다 썼니? 할 일이나 먼저 해주면 고맙겠구나. 화가 나서 일렀겠지만 나도 귓구멍이 멀쩡하단다. 내 귀에도 들린다는 걸 명심하렴."

"선생님이 알아야 한다고 생각한 것뿐이에요."

엘리사가 입을 삐쭉거렸다.

"나도 네가 주말 일기부터 써야 하지 않을까 생각한 것뿐이란다, 엘리사."

엘리사가 짜증난다는 듯 연필을 잘근잘근 씹었다.

올렉과 엠마는 책상에 코를 박고 주말 일기를 마저 끝냈다.

엠마는 난생 처음 초밥을 먹은 일에 대해 썼다. 초밥은 도전 정신으로 먹어야 하는 맛이었다.

올렉은 길에서 돈을 주운 일, 일 리터짜리 우유를 단번에 마신 일, 맨손으로 귀뚜라미를 잡은 일에 대해 적었다.

둘은 종이 보관함에서 종이 한 장을 더 꺼내 본격적으로 세 번째 친구를 만들기 시작했다.

"이름은 뭐라고 하지?"

올렉이 속삭였다.

"이번엔 남자 아이 어때?"

엠마도 목소리를 낮춰 대답했다.

"토니는 이상한가?"

"요즘 누가 그런 이름을 써? 브라이언은?"

"아저씨 같아."

올렉이 얼굴을 찡그렸다.

"그럼 세바스찬은?"

"오, 좋아!"

둘은 눈을 반짝였다. 흔하지는 않았지만 요즘 아이 이름이었다.

"성은 뭘로 하지?"

"윙클보스? 세바스찬 윙클보스."

"아무도 안 믿을 것 같은 조합이야."

올렉이 고개를 저었다.

"그럼 세바스찬 스미스."

"썩 와닿지 않는데."

둘은 골똘히 생각하고 또 생각했다. 마침내 엠마가 세바스찬 콜이라는 이름을 생각해내자 올렉이 손을 들어올렸다. 둘은 작게 하이파이브를 했다.

빈 종이의 맨 위에 올렉이 '나의 주말'이라고 썼다. 최대한 자기 글씨체와 다르게 쓰려고 심혈을 기울였다. 밑에는 이름 '세바스찬 콜'을 써넣었다.

남은 수업 시간 동안 올렉과 엠마는 세상에 존재하지 않는 한 소년의 주말 모험기를 진지하게 써내려갔다.

바로 이렇게.

나의 주말

세바스찬 콜

> 안녕하세요. 제 이름은 세바스찬 콜이에요. 이미 아시겠지만. 음. 지난 주말은 눈코 뜰 새 없이 바빴어요. 배를 타고 오스트레일리아에 들렀다가 비행기로 중국에 가서 놀다 왔거든요. 눈치 채셨겠지만 우리 가족은 어마어마한 부자예요. 그래도 평소에는 티를 내지 않으려 노력한답니다. 증조할아버지가 큰 부자였다고 해요. 증조할아버지는 발명가였는데….

올렉과 엠마가 마주보았다. 올렉에게 아이디어가 떠올랐다.

> 1856년에 치즈 강판을 발명하셨어요. 치즈 강판이 세상에 나오기 전에는 치즈를 사과나 아이스크림처럼 덩어리째 씹어 먹어야 했대요. 할아버지 덕분에 우리는 피자나 라자냐. 볼로냐 스파게티 위에 치즈를 조금씩 뿌려 먹을 수 있게 되었지요.

엠마가 웃음을 터뜨렸다.
"뭐가 그렇게 재밌니?"
선생님이 쏘아붙였다.
"아무것도 아니에요, 선생님. 죄송해요. 안 그럴게요."
올렉이 부리나케 대답했다.

"조심하도록."

선생님이 못마땅한 표정을 지었다.

이번엔 엠마가 이어서 썼다.

하지만 주말에 있었던 일 중 하이라이트는 뱀이 엄마를 공격한 사건이에요. 아, 걱정 마세요. 엄마를 물진 않았으니까. 전 바로 가방을 뒤졌죠. 제 가방은 낡았지만 필요한 모든 게 들어있거든요. 가방에서 바게트를 꺼냈어요. 아시는지 모르겠지만 프랑스에서는 적과 일대일로 맞붙을 때 바게트를 휘두르기도 했대요. 어쨌든 저는 바게트로 뱀을 후려쳤고 뱀은 꽁무니가 빠져라 뛰어서 달아났어요. 그리고….

"뱀이 어떻게 뛰어?"

올렉이 눈을 흘겼다.

뛰어서 기어서 달아났어요. 부모님은 감격한 나머지 제게 작은 우주선을 선물하셨죠. 물론 아직 판매를 시작한 제품은 아니에요. 부모님이 어떻게 구했는지는 모르겠지만. 엄마 아빠는 말씀하셨죠. 제가 세상에서 가장 용감한 아이라고. 그 뱀의 독은 지구상의 모든 독 중에 가장 치명적이래요. 한 방울만으로 코끼리와 호랑이를 죽일 수 있다죠. 무섭지 않았냐고요? 물론 무서웠어요. 하지만 엄마를 잃는 것보다 무섭진 않았어요. 바게트를 잃는다고 해도요.

수업 시간이 끝나갈 무렵, 엠마는 웃음을 참느라 아예 입을 가리고 있었다. 올렉도 이를 꽉 깨무느라 턱이 아팠다.

제 주말 이야기는 여기까지예요. 마법 같은 주말이었죠.

올렉과 엠마는 둘의 일기 사이에 세바스찬의 일기를 끼워서 선생님에게 제출했다. 엠마는 엘리사가 도끼눈을 뜨고 자꾸 둘을 보는 것을 눈치챘다. 엘리사는 자기보다 누군가 신나 보이면 늘 마음에 안 든다는 듯이 노려보았다.

올렉과 엠마는 아랑곳하지 않고 소매 속으로 손을 쏙 집어넣고는 교실 문을 나섰다.

수업이 끝나면 올렉과 엠마는 늘 둘만의 비밀 장소로 향했다.

아지트라고 부르는 그곳에서 점심시간에 아껴둔 스낵을 나눠먹거나 새로운 놀이를 만들며 놀았다. 아니면 어른이 되면 하고 싶은 일에 대해 이야기했다.

(엠마는 치과의사나 작가가 되고 싶었다. 올렉은 곤충학자가 되어 새로 발견한 곤충에 자기 이름을 붙일 날을 꿈꿨다.)

비밀 장소는 운동장 구석 눈에 잘 띄지 않는 곳에 있었다. 울타리와 이웃 집 정원에서 넘어온 엄청나게 커다란 참나무 가지 아래에 숨겨져 있었다.

그곳은 온전히 올렉과 엠마만의 공간이었다. 둘 외에 그곳을 아는 사람은 경비 아저씨뿐이었다.

경비 아저씨는 여름에는 잔디깎이, 겨울에는 제설차에 올라 그 앞을 지나갔다. 늘 카우보이 모자를 쓰고 부츠를 신고 울타리를 다듬을 때 쓰는 원예용 가위를 가죽 끈에 매달고 다녔다. 올렉과 엠마가 초록 잎사귀 사이로 사라지는 것을 천 번은 봤을 텐데도 아저씨는 말을 거는 법이 없었다.

비밀 장소의 유일한 문제는 마음껏 떠들 수 없다는 점이었다. 운동장과 맞붙은 집의 주인은 귀가 엄청나게 예민했다. 쉬는 시간과 점심시간, 방과 후 운동부 훈련 시간에 걸핏하면 학교에 전화를 걸어 불평을 해댔다. 학교 축제 때는 전화기에 불이 났다. 만약 공이 그 집 울타리를 넘어간다면 그길로 영원히 잃어버리는 거나 다름없었다.

해가 지면서 둘의 아지트에도 어둠이 내렸다. 올렉과 엠마는 축축한 통나무에 걸터앉아 꽁꽁 언 손에 입김을 불며 세바스찬의 일기에 대한 이야기를 주고받았다.

"선생님이 뭐라고 말할까?"

올렉이 말했다.

"글쎄, 어쩌면 조용히 넘어갈 지도 몰라. 세바스찬이라는 아이가 없다는 것도 모르시잖아."

엠마가 어깨를 으쓱했다.

"출석부에는 세바스찬의 이름이 없는데도?"

"출석부도 안 가져오셨던 걸."

"첫날이라 깜빡하셨나봐. 내일은 틀림없이 가져오실 거야."

둘은 가슴이 콩닥거렸다.

"세바스찬이 진짜 우리 반에 있으면 좋을 텐데. 적어도 이렇게 끝내주는 주말 이야기는 세바스찬만 들려줄 수 있을 걸."

올렉이 눈동자를 반짝였다.

"나도 바게트로 뱀이랑 싸워보고 싶어. 아, 이번 크리스마스는 내 생애 최악의 크리스마스가 될 거야."

엠마가 푸념했다.

"막 다리가 부러지고 앞니가 깨져서 빨대로 당근 스프를 먹어야 하는 크리스마스라도 될 것 같다는 말이야?"

"아니, 더 안 좋을 거야. 엄마는 크리스마스에도 일하러 가야하고 핍은 몸이 안 좋아. 올리버 오빠는 분명 여자친구를 만나러 갈 테니 난 집에서 꼼짝 않고 핍을 돌봐야 할 거야. 지난 주말과 다를 게 하나도 없어."

핍과 올리버는 엠마의 남자 형제들이었다. 핍은 아홉 살, 올리버는 열여섯 살이었다. 삼남매는 엄마와 함께 보내는 시간이 거의 없었다.

"난 네가 집 밖에 나가기 싫어하는지 알았어."

올렉이 말했다. 올렉은 주말 동안 엠마에게 스물한 번 전화했지만 매번 거절의 대답만 들어야 했다. 엠마는 길 건너 들판에서 썰매를 타는 것도 눈싸움을 하는 것도 눈밭에 누워 천사를 만드는 것도 허락받지 못했다고만 말했다.

"당연히 나도 나가고 싶었지. 하지만 엄마가 핍 옆에 있으라고 신신당부했단 말이야. 약도 먹여줘야 했어."

"주말 내내 지루했겠다."

"재밌진 않았지. 그나저나 넌 크리스마스에 뭐할 거야?"

"딱히 특별한 계획은 없어. 아빠는 하루 종일 잘 테고 나는 목욕을 네 번쯤 하겠지."

올렉이 시무룩하게 대답했다.

"할머니는?"

"할머니는 크리스마스라는 것도 모르셔. 얼마 전에 무슨 날이 다가오는지 아시냐고 물었더니 부활절 즐겁게 보내라며 인스턴트 돼지고기 간식을 주시지 뭐야. 전자레인지에 한 번 데우니 고무 덩어리가 되었지."

올렉은 한숨을 쉬었다.

"그나저나 내년 크리스마스에는 우리 서로 다른 학교를 다니겠구나. 믿기지 않아."

엠마가 울상을 지었다.

"미술실이나 음악실에 같이 갈 일도 없겠네. 엘리사나 톰도 다시는 못 보겠지."

올렉이 고개를 끄덕였다.

"톰은 왜 다시 보고 싶은 거야?"

"톰이 특별히 보고 싶을 거라기보다 그냥 모두를 말하는 거야."

"아무튼 난 톰은 계속 보게 될 거야. 걔 엄마랑 우리 엄마가 아는 사이거든. 전에 같은 햄버거 가게에서 일하면서 알게 됐대."

"톰 얘기는 그만해!"

둘 사이에 침묵이 흘렀다. 올렉은 크리스마스도 중학교도 더 이상 생각하고 싶지 않았다. 지금보다 안 좋은 상황은 아무것도 떠올리고 싶지 않았다.

"우리 세바스찬을 진짜 우리 반 아이로 만드는 거 어때?"

엠마가 다시 명랑하게 물었다.

"어떻게?"

눈 덮인 운동장을 바라보던 올렉이 고개를 들었다.

"내일 아침 일찍 운동장에 있다가 경비 아저씨를 만나면 화장실 좀 다녀오겠다고 하는 거지. 그러고는 곧장 교실로 가서 출석부에 세바스찬의 이름을 적는 거야. 그럼 우린 세바스찬 이야기를 얼마든지 더 쓸 수있어."

엠마가 거침없이 말했다.

"출석부에 이름을 적는다고?"

"그렇다니까."

"들키면?"

"뭐 별일 있겠어?"

엠마가 대수롭지 않다는 듯 어깨를 들어올렸다.

올렉의 머릿속에는 일어날 수 있는 일이 열 가지도 넘게 떠올랐다. 소리를 버럭 지르는 선생님, 나머지 공부를 하는 올렉과 엠마….

하지만 이번만큼은 눈을 질끈 감았다.

둘은 손에 침을 퉤 뱉고 손을 털었다.

그러고는 아지트를 나서려는데 경비 아저씨가 덜컹거리는 제설차를 몰고 지나갔다. 눈 덮인 운동장에 기다란 바퀴 자국이 나 있었다. 아저씨는 아이들 쪽으로 모자를 살짝 기울였지만 아무 말도 하지 않았다. 입가에는 길고 가는 지푸라기 하나가 물려 있었다.

교문에서 올렉과 엠마는 늘 하던 대로 인사를 했다. 상대방의 이마를 두 번 두드리는 것이다.

"내일 보자."

올렉이 엠마의 이마를 톡톡 두드렸다.

"내일 만나."

엠마도 올렉의 이마를 톡톡 두드렸다.

올렉이 집에 도착했을 때, 거실에 아빠의 코고는 소리가 울려퍼졌다. 아빠는 늘 자고 있거나 잠들기 직전이었다. 주방 용품을 판매하다 일 년 전 일자리를 잃은 후로 아빠는 잠만 잤다. 올렉은 자는 게 지겹지도 않은지 궁금했다. 쓰디 쓴 커피와 입에서 톡톡 튀는 사탕에 열대 섬 여행 책자까지 내밀어 봤지만 아빠를 소파에서 일으킬 순 없었다.

올렉은 문득 현실보다 꿈이 더 재미있어서 잠만 자려는 건 아닐까 하는 생각이 들었다. 할머니는 아빠가 단지 게으른 것뿐이라고 했지만.

할머니는 다락방에서 살았다. 아래층으로 내려오는 법이 없었다. 낮이고 밤이고 어두컴컴한 방에 오도카니 앉아 낡은 타자기를 두드렸다.

한때 할머니는 작가로 이름을 날렸다. 정글이나 사막, 눈 덮인 산이나 무인도에서 조난 당한 어린이 이야기로 폴란드의 모든 아이들을 사로잡았다. 텔레비전 드라마의 대본을 쓰고 전국 학교를 돌며 아이들에게 책을 읽어주었다. 거대한 연필깎이 모양의 상을 받기도 했다.

그러다 올렉의 가족은 북해를 건너 영국에 이민을 왔다. 할머니는 더는 글을 쓰지 못했다. 이야기를 시작할 수는 있었다. 할머니의 손끝에서 수백 가지 이야기가 새로 태어났다. 하지만 끝을 맺지 못했다. 아이들은 숲에 갇혔고 용은 사슬을 풀었고 왕국이 통째로 할머니의 펜 아래서 얼어붙었다.

올렉이 삐걱거리는 사다리를 타고 다락방으로 올라가 자그마한 문을 열어젖혔다. 손에는 전자레인지에 데운 인스턴트 피자가 들려 있었다.

"할머니, 저녁 드세요."

대답이 없었다.

그저 타자기 소리만 타닥타닥 울렸다.

그날 밤, 올렉은 큰 배와 비행기를 타고 한번도 가보지 못 한 나라에 가서 뱀을 때려눕히곤 우주선을 선물 받는 꿈을 꿨다.

멋진 꿈이었다.

3

엠마는 자정을 오 분 넘긴 시간에 번쩍 눈이 뜨였다. 찬 공기가 이불과 해진 잠옷 속을 파고들었다. 몸이 달달 떨리고 이가 딱딱 부딪쳤다.

보일러가 꺼진 게 분명했다. 처음 있는 일은 아니었다. 엄마는 공과금 내는 것을 종종 깜빡했다. 파스타를 만드는데 갑자기 가스불이 꺼지거나 소파에서 책을 읽는데 단어들이 어둠속으로 사라진 적도 있었다.

엠마는 이층 침대에서 내려와 이불을 망토처럼 두르고 창가에 섰다.

어둑한 길 위로 눈이 조용히 내렸다.

가로등은 주변을 노란 빛으로 어룽어룽 밝혔다.

그때 얼핏 무엇인가 움직였다.

엠마는 뒷목이 서늘해졌다.

눈사람 여섯 개가 서성이듯 부드럽게 움직였다. 처음에는 눈사람 옷을 입은 사람들이라고 생각했다. 하지만 조금 더 가까이 다가왔을 때 뭉툭한 당근 코와 나뭇가지 팔과 조약돌 눈이 박힌 눈사람인 것을 확실히 알 수 있었다.

엠마는 이불을 바닥에 떨어뜨린 채 얼굴을 유리창에 바짝 붙였다.

무섭지는 않았다.

이 세상에 설명할 수 없는 일은 얼마든지 일어날 수 있었다. 엠마는 유령과 마녀와 마룻바닥 아래 살면서 양말 한 짝을 훔치는 요정의 존재를 믿었다. 비록 외계인은 장담할 수 없지만 이빨 요정은 분명히 있다고 확신했다. 이빨 요정이 더 이상 나타나지 않는다면 궁전을 지을 만큼 이를 충분히 모아서 은퇴했기 때문일 거라고 생각했다.

달빛이 눈사람의 빛나는 눈동자를 비췄다. 눈사람들은 밤에 놀러 나온 친구들처럼 서로를 향해 웃으며 걸었다.

'진짜 눈사람일까? 눈사람이 어떻게 움직이지? 어디서 나타났을까? 어디로 가는 걸까?'

눈 내리는 겨울 밤 속으로 눈사람들이 모두 사라질 때까지 엠마는 눈을 떼지 않았다. 당장 집밖으로 뛰쳐나가 눈사람을 따라 가보고 싶었다. 핍만 아니었으면 그렇게 했을 것이다. 하지만 엄마에게 핍을 혼자 두지 않겠다고 단단히 약속한 터였다.

엠마는 썰렁한 침대로 돌아가고 싶지 않아서 핍 옆에 누웠다.

"옆으로 조금만 가봐."

엠마가 속삭였다.

"나 잔다고."

핍이 꿍 소리를 내며 몸을 옆으로 굴렸다.

"눈사람을 봤어. 눈사람이 막 웃으면서 걸어 다녔어."

"재밌네. 이거 지금 꿈이야?"

핍이 중얼거렸다.

"나도 잘 모르겠어."

"내 코는 꿈에서도 시리네."

"난 온 몸이 다 시려."

엠마는 핍의 코에 입을 가까이 대고 입김을 불었다. 빨갛게 언 코가 연주황색으로 돌아올 때까지 계속 불었다. 엠마와 핍은 곧 팔과 다리를 서로에게 감은 채 잠이 들었다. 길에는 소리 없이 눈이 쌓이고 눈사람들은 웃으며 텅 빈 거리를 돌아다녔다.

다음날 아침, 올렉과 엠마는 학교 근처 놀이터에서 만났다. 서로 이마를 톡톡 두드리는데 엠마의 배에서 꼬르륵 소리가 났다.

엠마는 올렉이 못 들었기를 바랐다.

아침에 하나 남은 계란을 핍에게 주고 나니 엠마가 먹을 만한 게 마땅치 않았다. 전날 저녁도 대충 먹었다.

엠마의 배에서 또 한 번 요란한 소리가 났다. 엠마는 들키지 않으려고 콧노래를 부르며 꽁꽁 언 땅에 발을 굴렸다. 투명 인간이 옆에서 연주라도 한다는 듯이 발로 박자를 맞췄다.

"여기."

올렉이 싱긋 웃으며 외투 주머니에서 조금 찌그러진 블루베리 머핀을 꺼내 건넸다.

엠마는 머핀 껍질을 벗겨 반으로 쪼갠 다음 한쪽을 올렉에게 주었다. 올렉은 받자마자 다시 엠마 손에 쥐어주었다. 배가 하나도 안 고프다고 맹세까지 했다.

"네가 먹어야 나도 먹을 거야."

엠마의 말에 하는 수 없이 올렉은 머핀을 받아 들었다.

머핀을 먹는 동안 엠마는 어젯밤에 본 눈사람을 떠올렸다. 올렉에게는 말하지 않았다. 믿지도 않을 것 같을뿐더러 믿어주지 않는다고 아웅다웅하고 싶지 않았다. 눈사람에 대한 기억은 그리운 사람의 사진처럼 마음속에 고이 간직하고 싶었다.

사이좋게 머핀을 나눠 먹고 나자 용기가 솟았다. 둘은 학교 잠입 작전을 시작했다.

하지만 멀리 가진 못 했다. 교문 두 걸음 앞에서 하버스 생물 선생님을 맞닥뜨린 것이다. 선생님이 키우는 찍찍이라는 이름의 생쥐가 선생님 목 위로 재빨리 기어 올라가 폭탄 맞은 둥지 같은 머릿속으로 숨었다.

올렉이 겁먹은 표정으로 뒷걸음질 쳤다. 올렉의 왼손에는 생쥐에게 물린 흉터가 있었다. 생쥐를 털이 보송보송한 필통으로 착각하고 손을 댔다가 물린 것이다.

"너희 둘 어디 가니? 8시 30분이 되려면 아직 한참 남았는데. 그 전에는 교실에 들어갈 수 없다는 걸 모르니?"

하버스 선생님이 눈을 가늘게 떴다.

"화장실이 급해서요, 선생님."

엠마가 둘러댔다.

"둘이 동시에 소변이 마렵다는 거야?"

"네, 선생님. 생물 시간에 그러셨잖아요. 하루에 물을 여덟 잔 마셔야 한다고. 그러지 않으면 뇌가 줄어든다고요. 아침부터 물을 너무 많이 마셨나 봐요. 저희 둘 다 오줌보가 터지기 직전이에요."

엠마는 엉덩이를 쏙 내밀고 다리를 배배 꼬았다.

하버스 선생님이 헝클어진 머리를 툭툭 건드렸다.

"찍찍이, 어떻게 생각하니? 저 아이들 말을 믿어도 될까?"

생쥐가 머리숱을 헤치고 나와 귓불에 매달렸다.

선생님이 고개를 끄덕였다.

"좋아. 들어가도록 해."

선생님은 교문 옆으로 몸을 비켜주었다. 물을 많이 마시면 화장실에 자주 가야 하는 부작용이 있긴 하다고 속삭였다.

올렉과 엠마는 생물 선생님과 생쥐 조수에게서 빠른 속도로 멀어졌다.

작전 일단계는 성공이었다.

둘은 복도를 힘껏 달려 체육관 오른쪽에 있는 화장실 대신 왼쪽으로 꺾어 교실로 향했다. 엠마가 갑자기 등을 벽에 붙이더니 양손으로 총 모양을 만들어 코에 갖다 댔다. 순식간에 교실로 돌진한 엠마는 손가락 총을 왼쪽에서 오른쪽으로 휘두르며 교실 안을 살폈다.

"좋아, 교실 이상 없음. 넌 문에서 망을 봐. 내가 출석부에 이름을 적을게. 누가 오면 알려줘."

엠마가 눈빛을 반짝였다.

"그런데 어떻게 알리지?"

올렉은 벌써 잡히는 상상을 하고 있었다.

"나도 몰라. 아무 말이나 외쳐."

"무슨 말?"

엠마의 표정이 굳어졌다. 엠마는 가끔 올렉이 생각이 많아서 걱정도 많다고 느꼈다. 올렉은 엠마가 생각을 조금 더 하길 바랐지만. 언젠가 집 잃은 새끼 고양이를 발견했을 때, 올렉은 고양이에게 우유를 주려는 엠마를 말렸다. 우유 알레르기가 있을지도 모른다는 이유였다. 고양이에게 우유 알레르기가 흔하냐는 엠마의 질문에 올렉은 그런 고양이가 한 마리쯤은 있다고 답했다.

"그냥 이렇게 말해. '와, 오늘 날씨 너무 꿀꿀해.' 그럼 곧장 숨을게. 알았지?"

엠마가 답답한 마음을 꾹 눌렀다.

"알 것 같아…."

올렉이 말끝을 흐렸다.

"그럼 연습해보자. 따라해 봐. 와, 오늘 날씨 너무 꿀꿀해."

"와, 오늘 날씨 너무 꿀꿀해."

"잘 했어."

작전 이단계가 시작되었다.

올렉이 문 밖에서 보초를 서는 동안 엠마는 선생님 책상 아래까지 단숨에 기어갔다. 그러고는 출석부를 끄집어 내려 무릎 위에서 펼쳤다. 반 아이들 이름이 알파벳 순서로 쓰였고 맨 아래에 두 명의 이름이 따로 적혔다. 아마 실수로 이름이 빠졌거나 6학년이 시작될 때 전학 온 아이들이었을 것이다. 세바스찬의 이름을 그 아래 적는다고 해도 이상하지 않을 것 같았다.

이름은 빨간색 볼펜으로 적혀 있었다. 엠마가 챙겨온 것은 까만색 볼펜이었다. 엠마는 책상 서랍을 열어 빨간색 볼펜을 찾기 시작했다. 서랍 속에는 이상하고 쓸데없어 보이는 물건이 가득했다. 압수한 새총, 구식 휴대전화, 녹슨 동전, 고무줄, 양말 한 짝.

'왜 이런 잡동사니를 모아 두지? 이렇게 많은 물건 중에 빨간색 볼펜은 왜 없는 거야?'

같은 시각 보초를 서던 올렉이 바들바들 떨기 시작했다.

누군가 교실 쪽으로 오고 있었다.

모어컴 수학 선생님이었다. 두꺼운 금반지를 끼고 독특한 입냄새를 풍기는 선생님.

'선생님이 아침부터 6학년 교실엔 어쩐 일이지?'

올렉은 고개를 갸웃거렸다. 수학실은 교실과 멀었다. 평소에는 교실 부근에서 모어컴 선생님을 마주친 적이 거의 없었다. 수학 선생님은 수학실에서 화요일, 수요일, 금요일에만 만났다. 수학과 물리 수업이 모두 있는 죽음의 요일들이었다.

"와, 오늘 날씨 너무 꿀꿀해."

올렉이 까치발을 들고 일어서며 외쳤다.

"무슨 말이냐, 두호닉?"

모어컴 선생님이 물었다. 선생님은 고리타분했다. 가까운 친구들은 물론 대부분의 사람을 성으로 불렀다.

"아, 날씨 말이에요."

올렉은 가슴이 터질 것 같았다.

"날씨가 어쨌다고?"

"그냥 좀 별로라고요. 그냥 좀….".

"혹시 어디 아프니, 두호닉?"

"전혀요."

"그럼 왜 복도에서 어슬렁거리며 혼잣말을 하지?"

책상 밑에서는 엠마가 드디어 빨간 볼펜을 찾았다. 최대한 선생님의 글씨체와 비슷하게 출석부에 세바스찬의 이름을 적어 넣었다. 작전 삼단계가 성공하는 순간이었다. 이제 엠마에게 남은 임무는 교실 밖 두 사람의 대화를 숨죽여 듣는 것이었다.

그 사이 올렉은 선생님의 물음에 답하느라 쩔쩔 매고 있었다. 평소에도 걱정을 사서 하는 올렉은 거짓말에 영 소질이 없었다. 거짓말을 제대로 하려면 들키는 걸 두려워해선 안 된다. 두려움은 상대방에게 '날 잡아 잡수' 하고 자신을 내어주는 꼴이나 마찬가지다. 거짓말이 아니라고 믿어야 한다. 이것이

에시 에이크먼
스콧 밸런타인
프리얀카 초프라
올렉 두호닉
엘리사 구버
캘리 존스
새뮤얼 러포컨
엠마 몰리
통 런클
잉런 샘
애런 테일러
~~세라 터너~~
라이언 웨버
커스티 웰런건
샘슨 월리 코어러

레이첼 카일리
오라 루텐
세바스찬 콜

거짓말을 잘 하는 비결이다.

"그러니까 전 사실 선생님을 찾고 있었어요. 그런데 만났네요."

올렉의 목소리가 기어들어갔다.

"나를? 날 왜 여기서 찾지? 여긴 수학실도 아니잖아. 수학실은 교실과 정반대 방향인 걸 모르나?"

"그러니까 그게, 수학실에 선생님이 안 계셔서요. 미술실에도 가보고 화장실에도 가봤지만 다 안 계셨죠. 그리고…."

"됐다."

선생님이 한 손을 들었다.

"무슨 말인지 알겠어, 두호닉. 그래, 뭐 때문에 날 찾았니?"

"급한 일이 생겨서요. 급하고도 중요한 일."

선생님과 올렉이 서로 마주보았다.

올렉은 눈을 깜빡였다. 점점 머릿속이 하얗게 변했다.

"말해봐, 무슨 일이지?"

"아주 놀라운 일이에요."

"두호닉! 너 어디서 머리를 한 대 맞고 온 거냐? 날 화나게 하려고 일부러 그러는 거야? 똑바로 말하지 못 하겠어?"

선생님이 소리를 버럭 질렀다.

"누가 학교에 염소를 풀어놨어요. 염소가 지리실을 휘젓고 다니다 지도 위에 똥을 쌌어요. 신발과 카펫도 다 물어뜯고요."

"농담 아니지? 충고하는데 장난이라면 내 머리가 홱 돌아버리기 전에 사실대로 말하는 게 좋을 거다. 날 상대로 장난을 쳤다가는, 그래서 내가 폭발해버리면 넌 치킨 너겟 크기로 산산조각이 날 테니까.”

“분명히 염소를 봤어요. 진짜 염소였어요. 음메 음메 하고 우는….”

선생님의 얼굴이 확 굳어졌다.

“지리실에 있었다 이거지?”

“마지막으로 본 건 지리실인데 지금은 어디 있는지 몰라요.”

선생님은 올렉을 따가운 눈으로 한번 보고는 뛰어가 버렸다.

‘지리실에 염소가 없다는 걸 확인하자마자 다시 달려오실 거야. 그럼 난 나머지 공부를 해야 하겠지. 아빠는 내 핸드폰을 압수하려고 어쩌면 소파에서 벌떡 일어날 테고.’

모어컴 선생님이 복도 모퉁이로 사라졌을 즈음 엠마가 출석부를 손에 꼭 쥐고 책상 밑에서 기어 나왔다.

엠마는 올렉을 향해 엄지손가락을 치켜 올렸다.

출석부 작전은 성공이었다.

“그런데 도대체 염소 이야기는 뭐니?”

운동장 구석 둘의 아지트로 재빨리 달려가며 엠마가 물었다.

“모르겠어. 내 정신이 아니었던 것 같아.”

“정신을 차렸어야지.”

“그러고 싶어서 그랬나, 뭐.”

중요한 건 그게 아니었다. 세바스찬은 이제 공식적인 6학년 학생이 되었다.

5

그날은 아침부터 춥더니 오후가 되어도 날이 풀릴 기미가 안 보였다. 윙윙대는 라디에이터는 있으나마나였다. 아이들은 외투를 입고도 손을 겨드랑이에 끼운 채 덜덜 떨었다.

크리스마스가 다가올수록 아이들은 마음이 붕 떴다. 편안한 소파에 앉아 텔레비전을 보거나 휴대전화 게임이나 하고 싶었다. 교실에 앉아 고대 제국의 역사와 쉼표의 정확한 위치 따위를 배우고 싶지 않았다.

겨우 엉덩이를 의자에 붙이고 있던 6학년들은 특기인 질문 공세 작전을 펼쳤다. 선생님이 답을 안 하고는 못 배길 만한 질문을 계속 던지는 것이다. 아이들은 선생님이 대답을 하는 동안 듣는 척만 하고 있으면 됐다. 어떻게 해야 선생님의 이야기가 끊기지 않는 지도 잘 알았다.

클레이 선생님은 한때 역사학자였다. 역사학자가 가장 싫어하는 것이 있다면 잘못된 역사를 사람들이 떠들어대는 것이었다. 역사학자들은 틀린 정보를 바로 잡을 기회를 놓치는 법이 없었다.

캘리가 손을 들었다.

"선생님, 로마인이 양말을 신었다는 게 사실인가요?"

"아니지, 로마인은 절대 양말을 신지 않았어. 터무니없는 이야기구나. 도대체 그런 이야기는 어디서 들었니?"

선생님이 눈을 동그랗게 떴다.

캘리는 어깨를 으쓱하고는 애런을 가리켰다.

이번에는 에비가 손을 들었다.

"선생님, 헨리 8세는 어디서 아내들을 잃었나요?"

"어디서 잃었냐고? 헨리 8세는 아내들을 잃은 게 아니야. 죽이거나 쫓아냈을 뿐. 혹시 아내가 숲을 헤매다 죽도록 내버려 두었다고 생각한 거니?"

선생님의 말이 끝나자마자 샘슨이 손을 번쩍 들었다.

"선생님, 그럼 숲은 언제나 숲이었나요?"

"무슨 뜻이지? 뭘 물어보고 싶은 거야?"

선생님의 눈동자가 흔들렸다.

"그럼 지금도 숲이 있다는 건 아시죠?"

"물론이지."

"숲이 되기 전에는 무엇이었는지도 아시나요?"

선생님은 갈피를 못 잡고 머리를 긁었다.

"숲이 생기기 전에는 숲이 아니었겠지. 이걸 물어본 것 맞니?"

"선생님, 샘슨은 내버려두세요. 원래 좀 사차원이에요. 진짜로 궁금한 건 우리가 중세시대에 태어났다면 얼마나 오래 살 것인가예요."

반 아이들의 작전을 눈치 챈 엠마가 물었다.

선생님 얼굴에 다시 생기가 돌았다.

"흥미로운 질문이구나. 많은 사람들이 중세시대 수명이 삼십 세 정도에 그쳤다고 알고 있지만 오해야. 진실은…."

선생님이 칠백 년 전에 태어난 사람들이 왜 죽었고 어떻게 죽었는지 자세히 설명하는 동안 아이들은 의자에 퍼질러 앉아 각자 휴식을 취했다.

아이들은 휴대전화와 플라스틱 물병, 볼펜의 시대에 태어났다. 이 물건들 덕분에 삼십 세에 죽을 걱정은 하지 않아도 되었다. 선생님은 수업 시간이 거의 끝날 무렵에야 설명을 마무리했다. 아이들이 필통을 만지작거리고 발을 꼼지락댔다.

"지금쯤 내 머리가 돌로 만들어졌을 거라 생각하겠지?"

선생님의 말에 모두 움찔했다.

"어떻게든 시간을 때워보려고 애썼다. 하지만 이대로 수업을 마칠 순 없겠지?"

사방에서 탄식 소리가 들렸다.

"쉬는 시간이 끝나면 쪽지시험을 보겠다. 이번 시간에 나눈 이야기들로. 원한다면 중세 시대에 대해 아는 것을 모두 적어도 좋아. 질문을 즐기는 것 같으니 보상은 질문으로 하마. 가장 점수가 높은 사람에게 질문권을 주지. 최선을 다해 대답하마."

아이들은 짜증 섞인 한숨을 내쉬었다. 단, 두 사람만 빼고. 올렉과 엠마의 머릿속에는 벌써 세바스찬의 답안지가 그려지고 있었다.

쉬는 시간에 이상한 사건이 두 가지 벌어졌다.

첫 번째 사건은 올렉이 필통을 가방에 넣고 있을 때 일어났다. 가방은 복도 선반 아래 고리에 걸려 있었고 선반 위에는 두루마리 휴지심으로 만든 기우뚱한 천사상이 놓여 있었다.

클레이 선생님이 올렉 뒤에서 어슬렁거리며 전투기에 관한 책을 넘겨 보고 있었다. 선생님은 얼굴에 웃음을 띤 채 중얼거렸다.

"완벽한 날개군. 공기의 흐름을 제대로 이용할 수 있겠어."

그때였다. 복도 끝 모퉁이에서 모어컴 선생님이 또 다시 등장했다. 모어컴 선생님은 고개를 빳빳이 들고 가슴을 쫙 편 채 곧장 클레이 선생님에게 향했다. 그대로 클레이 선생님을 들이받을 기세였다.

그리고 진짜 들이받았다.

모어컴 선생님은 사과 한 마디 없이 지나갔다.

올렉은 어른들이 이런 행동을 하는 것을 한번도 본 적 없었다. 특히 학교에서는 더욱 그랬다. 게다가 이 임시 선생님은 학교에 온 지 이틀밖에 되지 않았다! 두 선생님 사이에 도대체 무슨 일이 있었던 거지? 올렉은 클레이 선생님이 걱정스러웠다.

아침 쉬는 시간은 길었다. 올렉과 엠마는 아지트로 향했다. 보온병에 싸온 코코아와 감자칩을 먹으며 조금 전 있었던 일에 관해 이야기했다.

"어쩌면 두 분은 이미 아는 사이인지도 몰라."

엠마가 말했다.

"서로 앙숙인 걸까?"

"그럴지도 모르지. 우리 이모도 못 잡아먹어서 안달인 이웃집 아주머니가 있었어. 지어낸 이야기로 경찰을 부르기도 했지. 이모는 아주머니가 빨랫줄에 걸어둔 양말을 훔쳐다 인형을 만들었다고 하고, 아주머니는 이모가 남의 집 정원에 몰래 들어가 개의 털을 밀어버렸다고 했지."

엠마의 말에 올렉이 이맛살을 찌푸렸다.

어른들이 그런 짓을 한다고? 올렉은 절대 이웃을 만들지 않겠다고 다짐했다. 외딴 섬에 살면서 빨래는 건조기로 말리고 처음부터 깎을 털이 없는 개를 기르겠다고 결심했다.

엠마가 남은 감자칩 부스러기를 손에 모았다. 올렉이 엄지와 검지로 집어 먹었다. 엠마도 집어 먹었다. 올렉이 또 한 번 먹었다. 손바닥 위 부스러기가 다 없어질 때까지 둘은 번갈아 집어 먹었다.

"모어컴 선생님은 아침에도 아무 이유 없이 교실에 오셨어. 그리고 조금 전에 또 오신 거야. 꼭 클레이 선생님과 마주치려는 것처럼."

그때 두 번째 이상한 사건이 일어났다.

운동장 한 가운데서 소동이 벌어진 것이다.

올렉과 엠마는 눈덩이가 날아다니지 않는 걸 보면서 무슨 일이 생긴 것이 틀림없다고 생각했다.

눈이 있는 곳에는 언제나 꼭꼭 뭉친 눈덩이도 있었다.

그렇지 않다면 심각한 일이 생긴 것이다.

운동장에서 아이들이 톰의 입을 애타게 바라보았다. 톰은 아이들의 시선을 즐기는 듯 무리 한 가운데에서 두 팔을 활짝 벌린 채 서 있었다.

"무슨 일이야?"

엠마가 달려와서 물었다.

"알 것 없어. 가던 길이나 가."

엘리사가 퉁명스럽게 말했다.

톰은 엘리사의 말이 끝나자마자 엠마를 보며 말했다.

"커스티가… 오 세상에… 믿기… 어렵겠지만… 학교에서… 그러니까… 염소… 염소를… 봤대."

엠마는 자기도 모르게 입꼬리가 올라갔다.

처음에는 눈사람, 다음에는 염소. 눈사람과 염소가 연결되어 있을까? 둘 다 믿기 힘든 사건인 것은 분명했다.

"뭐?"

올렉은 깜짝 놀라 입이 떡 벌어졌다.

"커스티가… 그랬어… 염소가… 염소가… 화장실에… 들어와서… 서서… 한쪽… 다리를 … 그러니까… 한쪽 다리를 들고… 소변을 봤대."

올렉과 엠마는 마주보았다.

누군가 올렉이 모어컴 선생님에게 하는 말을 우연히 듣고 소문을 퍼뜨린 게 아닐까. 소문을 들은 또 다른 누군가는 한바탕 소란을 피우려고 이야기를 부풀린 것일 지도 모른다. 어쨌든 올렉은 모어컴 선생님께 혼날 걱정을 덜 수 있어 마음이 놓였다.

"학교에 염소가 돌아다닐 리 없어."

누군가 톰에게 말했다.

"열한 살에 벌써 제 정신이 아니라니."

다른 누군가 혀를 찼다.

"그렇지 않아. 나도 염소 봤어."

캘리가 말했다.

"아니, 지금까지 우린 같이 있었잖아. 네가 본 건 코 속에서 찾아낸 거겠지."

프리앙카가 쏘아붙였다.

"네가 딴 데 봤을 때 봤어."

"거짓말 마, 캘리."

아이들은 염소를 만날 지도 모른다는 기대에 들뜨며 교실로 돌아갔다.

하지만 아이들을 기다리는 것은 시험지였다. 엠마는 시험지를 의자 밑에 숨기고 한 장을 더 받았다. 세바스찬의 것까지 풀기 위해 자기 시험지는 그 어느 때보다 빨리 풀었다. 엠마는 올렉과 시험지를 주고받으며 교대로 세바스찬 시험지의 답을 적어나갔다.

역사 복습평가

세바스찬 콜

페스트로 죽은 사람은 얼마나 되는가?

아아. 안타깝게도 우리는 절대 그 숫자를 알 수 없습니다. 알다시피 죽은 사람들의 이름을 적어놓지도 않았으니까요. 딱하도다. 흔적 없이 사라진 사람들이여.

중세 시대 사람들의 주요 사망 원인은 무엇인가.

태어난 것이 사망의 가장 큰 원인입니다. 죽고 싶지 않다면 태어나지 않으면 됩니다.

중세시대에는 왜 묘지 관리인이 있었을까?

과거에는 좀비가 흔했거든요. 다행히도 오늘날에는 좀비를 볼 수 없기 때문에 묘지 관리인이 필요하지 않습니다. 옛날에는 죽은 사람이 한밤중에 찾아와 조용하기 그지없는 집의 대문을 쾅쾅 두드리기도 했습니다. 사람들은 빗자루를 들고 휘이 휘이 하며 그들을 쫓아내야 했지요.

기사란 무엇인가?

먼저 이 말씀을 드리고 싶네요. 기사란 무엇이 아닌가? 먼저 기사는 왕이 아닙니다. 우리 모두 아는 사실이죠. 하지만 왕은 기사인가요?

아니요. 대개는 그렇지 않아요. 아기가 기사가 될 수 있을까요? 아니요. 아기는 클 때까지 기다려야 합니다. 소나 돼지를 잡는 사람은요? 아니요. 기사가 될 수 없어요. 거인처럼 키가 큰 광대나 어릿광대도 기사가 될 수 없죠. 거지도 기사가 될 수 없습니다. 말 역시 기사가 될 수 없지만 기사를 태울 순 있죠. 목사는 기사가 될 수는 없지만 기사의 친구는 될 수 있습니다. 기사란 이런 것입니다.

종이 울리자 선생님이 시험지를 걷으며 나가도 좋다고 말했다. 아이들은 우르르 매점으로 몰려가 육포며 단단한 당근 같은 것을 씹으면서 이 임시 선생님의 '부당한 처사'에 대해 열띤 토론을 펼쳤다.

"저런 선생님은 처음 봐. 죽은 사람이 몇 명인지 우리가 어떻게 알겠어?"

에비가 투덜거렸다.

"담임선생님이 빨리 돌아왔으면 좋겠어. 선생님은 굴러 떨어질 거면서 그런 말은 어디서 찾으셨담?"

스콧이 한숨을 내쉬었다.

"난 클레이 선생님이 완전 멋지다고 생각하는데?"

오라가 사랑에 빠진 듯 눈을 꼭 감았다.

"너에게는 모든 선생님이 다 완전 멋지잖아?"

스콧이 눈을 흘겼다.

"선생님들이 솔직히 멋지긴 하잖아. 아는 것도 많고."

오라가 눈을 번쩍 떴다.

"죄다 쓸데없는 것만 안다는 게 문제지."

스콧이 킬킬거렸다.

"나쁘게… 말… 하지 마…."

톰이 입을 열었다.

"왜? 나쁘게 좀 말하면 뭐가 어때서? 네가 뭔데 이래라 저래라야?"

엘리사가 톰의 코앞까지 얼굴을 내밀었다.

아이들이 엘리사의 눈치를 살폈다. 싸움이 일어나기 직전이었다. 엘리사는 뭐든 과했다. 너무 심술궂고 너무 성질이 불같았다. 반 아이들은 대부분 엘리사를 말리지 못 했다. 딱 한 사람만 빼고.

"엘리사, 내가 톰이라면 네 얼굴을 이렇게 가까이에서 보고 싶지 않을 거야."

엠마가 엘리사의 어깨를 잡고 톰에게서 떼어냈다.

엘리사는 엠마의 손을 확 뿌리쳤다. 두 아이는 서로 노려보았다. 엠마는 심장이 두근대는 소리를 들키지 않으려고 입을 다물고 발가락을 티나지 않게 꼼지락거렸다.

엘리사와 엠마의 눈에서 불꽃이 일었다.

하지만 거기까지였다.

엘리사가 한쪽 눈썹을 치켜 올리고 고개를 삐딱하게 꺾으며 말했다.

"너 바지 구멍 난 거 알아? 팬티 다 보여. 바지 좀 새로 사라. 어떻게 맨날 그 바지만 입냐?"

엠마의 얼굴이 시뻘겋게 달아올랐다.

엘리사가 테이블에서 밀크셰이크를 확 집어 들고 매점을 나갔다.

★

수업을 모두 마친 후 올렉과 엠마는 아지트로 향했다.

"어떻게 엘리사 같은 아이가 있을 수 있지?"

올렉이 씩씩거렸다.

"상관없어."

엠마가 어깨를 으쓱하며 말을 이었다.

"그나저나 염소는 어떻게 된 걸까? 넌 이해되니?"

"염소가 진짜 있었는지 없었는지는 아직 몰라."

"하지만 본 아이들이 많잖아."

"내 생각엔 말이야."

올렉이 팔짱을 끼면서 계속 말했다.

"한 명이 염소를 본 척하니까 다른 아이들이 전부 보고 싶은 마음에 그러는 것 같아. 저번에도 비슷한 일이 있었잖아. 프리얀카가 기술실에서 총리를 봤다고 하니까 다른 아이들이 전부 봤다고 했지. 사실은 도시락 가져다주러 온 새뮤얼의 아빠였는데."

엠마가 웃음을 터뜨렸다.

"하지만 여전히 이상한 점이 있어. 아침에 모어컴 선생님과 내가 이야기할 때 분명 아무도 없었다는 거야. 염소 이야기를 우연히 들을 만한 사람이 없었다는 거지."

올렉의 말에 엠마가 어깨를 으쓱하며 대답했다.

"엄마가 그러는데 사람들은 자기가 보고 싶은 것만 본대."

"아이들이 염소를 뭐하러 보고 싶어 하겠어?"

올렉이 물었다.

엠마는 올렉에게 눈사람 이야기를 꺼내볼까 다시 고민하다 결국 단념했다. 염소도 믿지 않는데 눈사람 무리가 창문 앞을 지나갔다는 이야기를 믿을 리 없었다.

합창부 아이들이 캐럴 연습을 시작했다. '이 황량한 겨울에'로 시작하는 노래가 온 운동장에 울려 퍼졌다. 아이들의 목소리는 음악실 천장을 뚫고 우중충한 하늘까지 닿을 기세였다. 올렉과 엠마는 아지트에서 나왔다.

"내일 보자."

올렉이 엠마의 이마를 톡톡 두드렸다.

"내일 만나."

엠마도 올렉의 이마를 톡톡 두드렸다.

올렉이 아지트 앞 그늘을 서성이며 엠마에게 먼저 가라고 손짓했다. 엠마는 올렉을 남겨두고 집으로 향했다. 경비 아저씨가 제설차를 타고 휘파람을 불면서 지나갔다. 아저씨는 엠마에게 고개를 끄덕였다. 엠마도 아저씨에게 손을 흔들었다.

줄곧 가난하던 엠마의 집은 이제 지독하게 가난해졌다

사실 엠마도 다른 집에 가보기 전에는 몰랐다. 다른 집들은 겨울에 보일러를 늘 켜두었고 차 티백을 두 번 우리지 않았다. 다른 집 엄마들은 식구들이 모두 식탁에 둘러앉았을 때 나중에 먹겠다고 말하는 법이 없었다. 엠마네 집이 그냥 가난한 집에서 지독하게 가난한 집이 된 데는 엠마의 엄마가 돈을 빌려서 다른 빚을 갚고 또 돈을 빌려서 그 빚을 갚고 또 새로 돈을 빌려서 빚을 갚았기 때문이었다. 이쯤이면 무슨 일이 일어난 것인지 이해가 될 것이다.

문제의 핵심은 빚을 갚는 속도보다 빚이 불어나는 속도가 훨씬 빠르다는 데 있었다. 도저히 갚을 수 없을 정도로 빚이 늘어나면 어느 날 험상궂은 사람들이 집으로 쳐들어와 텔레비전 같은 것을 가져갔다. 다행히 책은 거들떠보지 않았다. 오로지 전자 기기와 금붙이와 돈이 될 만한 것들만 챙겼다.

수년 전, 엠마의 엄마는 대학교에서 경영학을 공부하며 길을 잃을 정도로 큰 서점에서 일했다. 하지만 빚이 쌓이고 또 쌓이면서 공부를 그만두고 하루에 두 가지 일을 해야 했다.

엠마는 이런 이야기를 입 밖에 꺼내고 싶지 않았다.

올렉에게도 말한 적 없었다. 왜 그런지는 엠마도 알 수 없었다. 올렉이 이야기를 듣고 마음을 상하게 할 리가 없다는 것을 잘 알았다. 그래도 하고 싶지 않았다.

현관문을 열자 엄마의 웃음소리가 들렸다. 엠마는 깜짝 놀라면서도 입꼬리가 올라갔다. 엄마가 집에 있는 시간은 드물었다. 엄마가 집에 산다고 봐야 할지, 밤새 문을 여는 심야 카페에 살면서 한 번씩 아이들을 보러 오는 거라고 봐야 할지 헷갈릴 정도였다.

"어디 있다 오니?"

엄마의 얼굴에 피곤한 기색이 역력했다. 그래도 목소리는 웃음을 띠고 있었다. 엠마가 엄마 옆에 털썩 앉으며 말했다.

"아지트에요."

"오, 그래? 아지트가 어딘데?"

"학교 운동장이죠, 뭐."

올리버 오빠가 끼어들었다. 오빠는 빙긋이 웃으며 말을 이었다.

"카우보이 아저씨가 너희를 두고 보는 게 신기해. 잔디깎이를 타고 매일 그 앞을 지나면서도 아무 말도 하지 않잖아."

"오늘도 만났어. 지금은 제설차를 타고 계시지."

"잠깐만!"

둘의 이야기를 듣던 엄마가 소리쳤다.

"카우보이 경비 아저씨? 내가 학교에 다닐 때도 카우보이 경비 아저씨가 계셨어! 우리도 아저씨를 카우보이라고 불렀지. 언제나 커다란 모자를 쓰고 부츠를 신고 입에는 지푸라기를 물고 있었어. 사람들을 향해 알 수 없는 표정으로 고개를 끄덕이면서."

"우리는 로데오의 정원사라고 불렀는데."

올리버가 말했다.

"설마 같은 사람은 아니겠지? 아저씨는 내가 아이였을 때도 나이가 좀 지긋하셨거든."

엄마의 목소리가 점점 커졌다.

"그리고 엄마도 나이가 들었죠."

엄마는 올리버에게 꿀밤을 한 대 먹였다.

"지금 누구한테 나이 들었다고 하는 거니?"

"누구긴요. 사랑스러운 엄마죠."

"사랑스러운 엄마가 어떤 엄마인지 당장 보여줘야겠네."

"차 마실 사람?"

부엌에서 핍이 외쳤다.

"난 설탕 두 숟갈."

엄마가 말했다.

"설탕 세 숟갈."

엠마가 말했다.

"네 숟갈."

올리버가 말했다.

저녁은 박하향이 나는 양고기 한 토막과 반들거리는 당근, 걸쭉해서 잼처럼 빵에 바를 수도 있을 것 같은 그레이비 소스였다. 올리버는 요리를 좋아했다. 하지만 필요한 재료를 모두 살 수 있는 형편이 아니어서 직접 기르거나 마을의 숲에서 구해 왔다.

올리버는 언젠가 레스토랑을 열고 싶었다. 산 위나 호숫가에서 아무도 들어보지 못 한 환상적인 음식을 요리하면서 예약자 명단이 십년 치씩 쌓인 레스토랑을 꿈꿨다.

엠마는 숟가락을 들고 생각에 잠겼다.

'경비 아저씨가 엄마가 어렸을 때 있던 경비 아저씨일 리는 없겠지? 그나저나 올렉이 염소가 있다고 거짓말을 한 날에 염소가 떡하니 학교에 나타났어. 염소는 눈사람과 상관이 있을까? 아니면 있을 수 없는 일이 우연히 이틀 연속 일어난 것뿐일까?'

저녁식사 후 엠마는 좋아하는 책을 한 권 빼들고 계단 아래 골방으로 들어갔다. 집 전체를 통틀어 가장 아늑한 공간이었다. 엄마가 짝 안 맞는 양말을 이 골방에 모두 쌓아두기 때문이다. 일 년에 한 번 가족들은 아침부터 밤까지 다 같이 양말의 짝을 맞췄다. 나머지 날들은 양말 더미에 배를 깔고 뒹굴거릴 수 있었다.

엠마는 편안하게 앉아 책을 펼쳤다. 얼마 지나지 않아 고개를 툭 떨어뜨리고 『에밀과 탐정들』 55쪽에 얼굴을 파묻은 채 코를 골았다.

밤사이 집 앞 골목에는 눈사람들이 또다시 나타났다. 나뭇가지 팔을 하늘을 향해 번쩍 들고서.

올렉은 해가 저물어서야 집에 도착했다. 집으로 곧장 들어가지 않고 집 주변을 빙빙 돌았다.

올렉은 가로등이 켜지는 순간을 좋아했다. 마치 자신을 향해 세상이 밝게 빛나는 것 같기 때문이었다.

평소처럼 아빠는 소파에서 잠들어 있었다.

올렉은 퀴퀴한 냄새가 나는 담요를 걷고 새 담요를 가져와 아빠에게 덮어주었다. 지저분한 담요는 교복과 양말과 더러운 행주와 함께 커다란 식기세척기에 넣었다.

물론 식기세척기에는 그릇을 넣어야 하고 옷은 세탁기에 넣어야 한다는 걸 알고 있었다. 하지만 식기세척기가 더 빠르고 덜 복잡했다. 그리고 사실 두 기계는 똑같은 일을 하는 것 아닌가?

그러고는 전자레인지에 인스턴트 라자냐를 데워서 먹었다.

화이트 초콜릿도 여덟 조각 먹었다.

신 오렌지를 반 먹었다.

그리고 냉동피자를 데워 다락방 할머니에게 가져갔다.

"할머니, 저녁 드세요."

여느 때처럼 어둠 속에서 할머니를 불렀다.

늘 그렇듯 대답은 기대하지 않았다.

"올렉? 너니?"

뜻밖에 할머니 목소리가 들렸다.

할머니는 폴란드어를 썼다. 가끔 올렉은 대답을 하지 못 했다. 이제는 꿈도 영어로 꾸는 올렉이었다. 생일이면 고향 폴란드 웨바에 사는 친척들과 전화 통화를 했다. 친척들은 가끔 자기들끼리 이렇게 말하곤 했다.

"올렉이 뭐라고 하는 거야? 하나도 못 알아듣겠어."

올렉은 어둠 속에서 할머니를 찾았다.

"네, 할머니. 저예요. 괜찮으세요?"

"방금 '쿵' 하는 소리 뭐니? 분명 큰 소리가 들렸어."

"아빠예요. 소파에서 잠들었거든요."

할머니가 전깃줄을 당겨 전등을 켰다. 다락방이 환해졌다.

비스듬한 천장에 빼곡하게 붙은 메모지와 메모지에 가득 적힌 작은 글씨가 눈에 들어왔다. 그림도 있었다. 여자 아이와 남자 아이, 끝이 안 보이는 숲과 날카로운 이빨을 드러낸 괴물 그림이었다. 다락방 양쪽 벽을 따라 종이 뭉치가 쓰러질 듯 위태하게 쌓여 있었다.

"네 아빠는 게으름뱅이야. 게으름뱅이에다가 아무짝에도 쓸모없지."

"아무짝에도 쓸모없는 건 아니에요. 아빠는 낚시를 잘 해요."

올렉은 억울한 목소리로 말했다.

"이 습하고 코딱지만한 땅에 물고기 잡을 데가 있니? 게다가 이곳 낚시꾼들은 고기를 잡았다가 바로 놓아주더구나. 그게 규칙이래. 믿어지니? 그럴 거면 뭐하러 낚시를 하니?"

올렉이 고개를 갸웃거렸다.

"네 아빠는 인생을 포기한 것 같지만 너는 그래선 안 된다. 특히 나중에 아빠가 되었을 때."

"걱정 마세요."

"웃기지 마라, 얘야. 요즘 걱정 안 해도 되는 사람은 없어. 이리 와서 앉아봐."

할머니가 옆 자리를 손으로 쓸었다.

올렉은 할머니 옆으로 가서 앉았다.

"학교생활은 어떠냐?"

올렉은 할머니에게 크리스마스가 코앞이라는 이야기를 할지 말지 고민했지만 하지 않았다. 할머니는 걱정만 하다가 금세 잊을 게 뻔했다. 그러다 육 개월 후 우연히 기억해내고는 한 여름에 두꺼운 목도리를 하고 나타날 것이다.

"괜찮아요."

"네 아빠도 늘 괜찮다고 하지. 자기는 괜찮다고."

"정말 아무 일 없어요."

"그러길 바라마. 넌 언젠가 우리를 고향으로 보내줘야 해. 그것도 일등석 비행기로."

"약속할게요, 할머니. 일등석 비행기 태워드릴게요."

할머니의 표정이 서글퍼졌다. 올렉은 고향의 자몽 색 하늘을 향해 두 팔을 들고 사진 찍는 할머니를 상상했다.

"넌 좋은 녀석이야."

할머니가 올렉의 머리를 쓰다듬었다.

"글은 잘 쓰고 계세요?"

"늘 똑같지. 새로운 인물들을 세상에 내보내기는 하는데 그뿐이구나."

"잠시 다른 일을 해보면 어때요? 아래층으로 내려와서 다 같이 보드 게임도 하고요."

"그건 항복이야. 내 사전에 항복은 없어. 글쓰기를 멈추는 것은 나에게 죽음이나 다를 바 없지. 쓸 수 있는 만큼 최대한 쓸 거야. 올렉, 지금 세상에 존재하는 것은 모두 누군가의 머릿속 상상에서 시작된 거란다. 너 역시도."

올렉은 뭐라고 말해야 할지 알 수 없었다.

"상상력도 근육처럼 단련시켜야 한다는 것을 기억하렴. 그러지 않으면 쓰지 않은 근육처럼 힘을 잃고 쪼그라들어 도마뱀의 꼬리처럼 툭 잘려 나갈 거야. 어느 날 슈퍼마켓에 서서 눈 앞의 물건 너머의 세상은 조금도 상상할 수 없는 자신을 깨닫게 되지."

"기억할게요."

"항상 눈에 보이는 것 너머를 보아야 해. 빈자를 보면서도 왕을 볼 줄 알아야 해."

"노력해 볼게요."

올렉은 빈자의 뜻을 정확히 몰랐지만 일단 그렇게 대답했다.

"좋아, 이제 자야 할 시간 아니니?"

"아직 8시 15분밖에 안 되었는데요."

"잠자리에 드는 시간이 언제지?"

"그런 거 없어요."

할머니가 혀를 끌끌 찼다.

"좋아, 그럼 시간을 정해서 앞으로 쭉 지키도록 해."

그날 밤, 올렉은 12시 3분에 잠이 들었다. 침대 옆 라디오에서는 바다 날씨 정보가 흘러나왔다. 리포터가 부드러운 목소리로 먼 바다의 상황을 천천히 전했다. 올렉은 이미 잠이 들어 듣지 못 했지만 북해에서 일어난 놀라운 사건에 대한 설명이었다.

"30분 동안 바다가 호수처럼 잔잔했으며 거대한 초록 줄기 모양의 번개가 구름에서 쏟아졌습니다. 번쩍 나타났다가 사라지는 번개가 아니라 바다 위로 그물처럼 퍼지는 번개였는데요. 어부들은 갑판에 서서 발아래 반짝이는 바다를 보며 입을 다물지 못 했다고 합니다."

9

아침 햇살이 눈부셨다. 올렉은 잠든 아빠를 쿡 찔렀다. 살아 있는지 시험해보는 것이었다.

"뭐하는 거야?"

아빠가 베개를 홱 집어 던졌다.

"아무것도 아니에요."

올렉이 중얼거리며 일어나 학교 가방을 챙겼다.

올렉은 여전히 아빠가 눈을 비비며 일어나 학교에 같이 가는 아침을 꿈꿨다. 아니면 학교를 빠지고 같이 잉어 연못에서 낚시를 하거나 하루 동안 시리얼 한 통을 다 먹는, 아빠와 함께 했던 것들을 다시 할 수 있길 바랐다. 올렉은 예전의 아빠가 그리웠다. 아빠 자리를 차지한 지금의 아빠가 무서웠다. 이 아빠는 코 고는 괴물이다. 이 괴물의 가장 무서운 점은 예전의 아빠와 너무 닮았다는 점이다. 비록 예전의 아빠는 이상한 냄새가 나거나 텔레비전 퀴즈쇼를 보다가 한심한 답을 말하는 참가자에게 소리를 지르지는 않았지만.

"올렉! 미안하다."

아빠가 누워서 소리쳤다.

올렉은 이미 거실에 없었다.

아홉 달 전에 개 한 마리가 마당 울타리를 넘어와 올렉의 다리를 문 적이 있었다. 개는 올렉의 다리를 끈질기게 물고 놔주지 않았다. 올렉이 도와달라고 소리쳤지만 아빠는 자고 있었다. 사납게 날뛰는 개를 떼어낸 건 울타리 아래로 기어온 이웃집 아저씨였다.

개는 초승달 모양의 흉터를 남겼다.

아빠가 잠시 눈을 뜨고 올렉에게 무슨 일이냐고 물었다. 하지만 이내 다시 잠들어 버렸다. 올렉의 상처는 살펴보지도 않았다.

그날 이후 올렉은 손바닥보다 큰 동물을 무서워하게 되었다.

학교 정문에서 올렉은 엠마와 만나 서로의 이마를 톡톡 두드렸다. 둘은 운동장에 띄엄띄엄 있는 아이들을 지나쳐 아지트로 향했다.

들어가기 전에 잠시 보는 사람이 없는지 살폈다.

낌새가 이상했다.

안에서 정체를 알 수 없는 소리가 들려왔다.

사람 목소리 같지는 않았다. 동물 소리도 아니었다. 마치 몹시 어려운 연산을 수행하느라 낑낑대는 컴퓨터 소리 같았다.

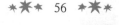

올렉과 엠마는 아지트를 들켰을까봐 심장이 쿵쿵 뛰었다.

"네가 먼저 들어가 봐."

올렉의 말에 엠마가 눈을 흘겼다.

엠마와 올렉은 같이 아지트로 들어갔다. 두 사람을 맞은 것은 골판지로 만든 우주선이었다. 우주선에서는 윙윙 소리가 나다가 '삐'하는 경고음이 울렸다. 손으로 그린 계기판에서 증기가 모락모락 피어올랐다.

천천히 앞문이 열렸다.

우주선 앞으로 연기가 자욱하게 깔렸다.

한 소년이 우주선 밖으로 걸어 나왔다. 소년은 긴 외투를 입고 긴 목도리를 둘렀다. 진흙이 튄 부츠를 신고 오른쪽 어깨에 가방을 맸다. 양말이 짝짝이였고 머리는 끝이 삐죽 솟았다. 뺨에는 흙먼지가 묻어 있었다. 소년이 씩 웃었다.

"내 이름은 세바스찬 콜이야. 이미 알고 있겠지만."

올렉과 엠마는 믿기지 않는 표정으로 서로 마주 보았다.

"뭐?"

올렉이 눈을 크게 떴다

"누구라고?"

엠마가 귀를 의심했다.

"내 이름은 세바스찬 콜이야. 이미 알고…."

"좋아, 좋아. 똑같은 말을 다시 할 필요는 없어. 네가 진짜 누구인지만 알려줘."

엠마가 세바스찬의 말을 잘랐다.

세바스찬의 눈동자가 흔들렸다. 아랫입술이 금방이라도 울음이 터질 것처럼 떨렸다.

"미안. 그냥 네가 하고 싶은 대로 해."

소년의 얼굴이 다시 밝아졌다.

"내 이름은 세바스찬 콜이야. 이미 알고 있겠지만."

"세바스찬, 잠시만 기다려 줄 수 있겠니?"

올렉이 최대한 정중하게 말했다.

세바스찬은 고개를 끄덕였다.

"나도 우주선을 손봐야 해. 엔진 쪽 중요한 부품이 망가졌거든. 양말에 든 바닷가재 두 마리보다 더 뜨거워. 난기류를 지나가는데 엄청나게 큰 거위가 구름 위로 뛰어 올라 우주선 앞 유리창을 찰싹 후려치는 게 아니겠어? 거위는 앞이 안 보이거나 적어도 눈가리개를 낀 게 틀림없어. 너희들이 상상하는 것보다 훨씬 충격적이었어."

올렉이 엠마를 운동장 울타리 쪽으로 끌어당겼다. 운동장에서는 아이들이 평소와 다름없이 빙빙 돌며 놀았다. 올렉만 얼굴이 우유처럼 하얗게 질려 있었다.

"세바스찬 콜이래."

올렉이 말했다.

"우리 아지트에 세바스찬 콜이 나타났어."

엠마가 맞장구쳤다.

"우리가 쓴 주말 일기를 본 것처럼."

"아니면 주말 일기에서 튀어나왔나?"

엠마는 눈동자에 점점 생기가 돌았다.

올렉은 여전히 얼굴이 창백했다.

"말도 안 돼. 이제 어떻게 하지?"

"세바스찬을 데리고 교실로 가야지. 이미 출석부에 이름도 있잖아. 아무도 세바스찬이 왜 왔는지 의심하지 않을 거야."

엠마가 자신만만하게 말했다.

"그럼 그 다음은? 세바스찬은 어딘가 좀 이상해. 아이들이 이것저것 물어댈 거야."

올렉은 걱정을 떨칠 수 없었다.

"그렇게 이상하진 않아."

"방금 자기 입으로 말했잖아. 양말에 든 바닷가재 두 마리가 어쩌고저쩌고."

"뭐 대충 이해할 순 있잖아. 뜨겁다는 얘기겠지."

올렉이 엠마에게 눈을 흘겼다.

"넌 저 아이를 만든 사람이니까 이해할 수 있는 거야."

"너도 같이 만들었잖아. 저 아이가 진짜 세바스찬 콜이라면 어떻게든 우리가 책임져야 해."

"그럼 세바스찬을 부르자. 수업 시간 늦겠어."

올렉이 한숨을 쉬었다.

둘은 다시 아지트로 들어갔다.

"세바스찬, 곧 수업 시간이야. 교실로 가야 해."

엠마가 조심스럽게 이야기를 건넸다.

"수업 시간? 기대되는 걸. 내 우주선은 완전히 망가진 것 같아. 이제 저 고물 우주선으로는 아무데도 못 갈 거야. 이 우주선을 얼마나 아꼈는데. 아빠가 주신 선물이거든. 아빠는 저글링도 할 수 있어. 한번에 사과를 공중에 다 띄울 수도 있지. 그나저나 너희들은 이름이 뭐야?"

세바스찬이 침을 꼴깍 삼켰다. 세바스찬은 단번에 한 단락치의 말을 할 수 있었다.

"올렉이라고 해."

"엠마야."

올렉과 엠마와 세바스찬은 함께 손을 붙잡고 흔들었다.

"세바스찬?"

엠마가 말했다.

"왜?"

"우리 반 아이들이 새로 온 친구한테 좀 쌀쌀맞거든. 네가 말을 많이 하지만 않으면 괜찮을 거야."

"나 입에 지퍼 채웠어! 아마 이제 찍소리도 안 들릴 걸."

세바스찬이 유쾌하게 웃었다.

올렉은 걱정스러운 표정으로 눈썹을 들어올렸다.

엠마가 웃으며 어깨를 으쓱했다.

★

세바스찬이 교실에 들어서자 아이들의 눈이 일제히 세바스찬에게 향했다. 꼭 벌레를 발견한 부엉이 무리 같았다.

아이들은 수군대기 시작했다.

"전학생이야? 아님 누구네 형인가?"

세바스찬은 교복을 입지 않았을 뿐더러 아이들의 평상시 옷과도 다른 차림이었다. 마치 모험 소설의 주인공 같았다. 지저분한 골목길을 걷는 소매치기 같은 주인공. 걸음걸이도 좀 이상했다. 깨진 유리컵 조각을 피해 걷기라도 하듯이 걸었다.

세바스찬은 올렉과 엠마 사이에 앉아 낡은 가방을 책상 위에 올려두었다.

아이들이 다 자리에 앉았을 즈음 클레이 선생님이 헐레벌떡 교실에 들어왔다. 선생님은 출석부를 찾느라 책상 위를 살폈지만 출석부는 보이지 않았다.

"이상하네, 출석부가 또 사라졌어. 오늘도 출석은 못 부르겠구나."

누군가 헛기침을 했다.

선생님이 고개를 들었다.

"선생님, 쟤 누구예요?"

엘리사였다.

"누가 누구야?"

선생님이 되물었다.

"저기 앉아 있는 남자애요."

엘리사가 가느다란 막대기 같은 손가락으로 세바스찬을 가리켰다.

"손가락으로 사람을 가리키는 건 무례한 행동이야. 네가 원숭이가 아니듯 저 아이도 아니란다. 반 친구 이름이 기억 안 나면 그냥 물어보면 돼. 예의를 지키는 데 돈 드는 거 아니잖니."

선생님이 얼굴을 찌푸렸다.

"내 이름은 세바스찬이야. 이미 알고 있겠지만."

세바스찬이 반 아이들을 둘러보며 말했다.

올렉이 얼굴을 양손에 파묻었다.

"아, 세바스찬. 주말 이야기가 환상적이더구나. 토씨 하나까지 다 믿는다고 말할 수는 없겠지만. 치즈 강판과 뱀 이야기는 믿어도 될지 망설여졌지."

엘리사 얼굴에 당황스러운 기색이 역력했다. 올렉은 이유를 알 것 같았다. 지난 시간에는 세바스찬이 교실에 없었다. 만약 있었다면 분명 아이들은 세바스찬을 기억했을 것이다.

"감사합니다, 선생님. 하지만 토씨 하나까지 믿어도 된다고 확실히 말씀드릴 수 있어요. 지어낸 것은 전혀 없으니까요. 모두 실제로 있었던 일이에요. 언젠가 거짓말을 했다가 새끼손가락 손톱이 빠져버렸거든요. 무시무시한 밤이었어요. 그날 엄마에게 다시는 거짓말을 하지 않겠다고 약속했어요."

모두 세바스찬을 빤히 쳐다보았다.

올렉이 세바스찬에게 '쉿'하고 말했다.

세바스찬은 알아차리지 못 했다.

"선생님이 일억 원을 준다고 해도 저는 거짓말 안 해요."

클레이 선생님은 당황스러워 보였다.

"다행이구나. 명심하마."

나머지 수업 시간에는 지금은 존재하지도 않는 나라를 두고 싸웠던 오래 전 전투에 대해 배웠다.

올렉이 엠마에게 쪽지를 건넸다.

세바스찬을 데리고 아지트로 돌아가긴 힘들 것 같아. 아이들이 다

따라올 거야. 어디로 가지?

엠마가 답장을 보냈다.

옥상으로 가자. 아이들이 눈치 채기 전에 서둘러야 해.

종이 울리자 둘은 세바스찬의 손을 잡고 재빨리 교실을 빠져나왔다.

10

올렉과 엠마는 2학년 때 우연히 옥상으로 가는 비밀 통로를 발견했다. 음악실 그랜드 피아노에 올라가 천장 타일을 힘껏 밀면 숨겨진 통로가 나왔다. 비밀 통로에 올라서면 멀리서 새어 들어오는 빛이 보이는데 빛을 향해 끝까지 기어가면 옥상이었다.

옥상에서는 눈 덮인 마을이 한눈에 보였다.

회색 슈퍼마켓, 교회 첨탑, 튀김 가게, 색색깔 낙서가 가득한 놀이터, 올렉이 체조를 배웠던 체육센터, 엠마가 비둘기와 대화하는 아주머니를 만났던 공원….

올렉과 엠마와 세바스찬은 옥상 바닥에 등을 대고 누워 입김이 맑은 하늘로 올라가 구름이 되는 것을 지켜보았다. 옥상에는 바람을 막아줄 것이 전혀 없어 셋은 곧 바들바들 떨었다.

"꽤 쌀쌀하네. 추운 것보다는 더운 게 낫겠어. 배고픔보다 안 배고픔이 나은 것처럼. 그런데 안 배고픔이라는 말이 있나? 배부름이라고 해야 할까? 아니면 배터짐? 난 한번에 치킨 너겟을 열아홉 개까지 먹은 적 있어. 마요네즈가 떨어져서 찍어먹을 것도 없이. 너희는 한번에 제일 많이 먹어본 음식이 뭐야?"

세바스찬이 물었다.

"모르겠어."

올렉이 덜덜 떨며 대답했다.

"요크셔 푸딩 세 개."

"요크셔 푸딩은 컵에 든 팬케이크 같은 거야?"

엠마의 대답에 세바스찬이 고개를 갸웃거렸다.

"뭐 비슷해."

엠마가 어깨를 으쓱했다.

세바스찬이 눈빛을 반짝이더니 가방을 뒤적였다. 잠시 후 커다란 아이스크림 세 개를 끄집어 내 올렉과 엠마에게 건넸다. 둘은 손에 든 아이스크림을 얼떨떨하게 바라보았다. 이가 딱딱 부딪치는 추위 속에 아이스크림을 먹고 싶지는 않았다. 하지만 친구가 내민 선물을 단박에 거절하고 싶지도 않았다.

올렉이 아이스크림을 한 입 베어 물었다.

그리고 또 한 입 먹었다.

그리고 또 한 입.

입 안이 얼얼하거나 머리가 띵하기는커녕 모닥불을 쬐는 것처럼 온몸이 따뜻해졌다. 꽁꽁 언 손가락과 귀에 피가 통하는 게 느껴졌다.

"어떻게 된 거지?"

올렉이 아이스크림을 입에 물고 중얼거렸다.

"누가 알겠어."

엠마도 먹느라 정신없었다.

세바스찬은 아이스크림을 더 만들었다.

세 사람은 아이스크림을 네 개씩 더 해치우고 나서야 배를 두드리며 벌러덩 드러누웠다. 입가가 끈적이고 손은 더 끈끈했다. 엠마가 트림을 하며 깔깔거렸다.

"너희 반 아이들이 나한테 관심 무지 많더라. 내 머리 위에 괴물이라도 앉아 있나 했다니까."

세바스찬이 머리를 만지작거렸다.

"실은 머리 위에 도마뱀이 앉았던 적이 있거든. 녀석은 초콜릿 포장을 뜯고 있었지."

"지금은 아무것도 없어."

엠마가 방긋 웃었다.

"정말 뜻밖이야. 널 진짜로 만날 줄은 꿈에도 몰랐어. 갑자기 이렇게 나타나는 사람은 한번도 본 적 없거든. 아무리 보고싶다고 빌었던 사람이라도. 도대체 어떻게 된 건지 알아?"

올렉이 물었다.

"전혀 모르겠어. 난 우주선에서 놀고 있었어. 이 우주선은 엄마를 구한 대가로 선물 받은 거야. 바게트로 뱀을 때려눕혔거든."

"우리도 알아."

"놀다가 우주선 밖으로 나왔더니 아주 작은 숲이었어."

"우리 아지트 같아."

엠마가 말했다.

"그리고 너희가 당황스러운 얼굴로 날 보고 있었지."

"세바스찬도 딱 우리만큼만 아네."

올렉이 한숨을 쉬었다.

"너희가 아는 건 뭐야?"

세바스찬이 물었다.

"비슷해. 어느 날 우리가 너에 대한 이야기를 썼고 다음 날 네가 나타났지."

"나에 대해 썼다고? 도대체 왜?"

"우리는 원래 삼총사였거든."

엠마가 시무룩한 얼굴로 말했다.

"삼총사 중 하나가 멀리 떠났어. 그래서 새로운 친구를 만든 거야. 우리 반 아이들은 너무 시끄럽거나 너무 말이 없거나 너무 심술궂거나 너무 따분하거든."

올렉이 덧붙였다.

"그 친구에게 무슨 일이 있었길래?"

"말하자면 이사를 한 거지. 숲으로. 친구 엄마는 도시를 싫어했거든. 지저분하고 위험하고 사람이 살 만한 곳이 아니라고."

세라 이야기를 하다보니 울적해졌다.

"도시는 사람들이 겹겹이 쌓여 잠을 자는 곳이긴 하지."

세바스찬이 고개를 끄덕였다.

"그런 셈이지. 침대가 있는 방 위에 또 침대가 있으니까."

"그래, 내 말이 그 말이야. 침대 위에 또 침대."

종이 울렸다. 운동장에서 놀던 아이들은 빵 부스러기와 빵을 쌌던 반짝이 호일을 버려둔 채 교실로 우당탕탕 뛰어 들어갔다.

"우린 어떻게 하지?"

올렉이 엠마를 보았다.

"어떻게 하긴, 세바스찬이랑 같이 교실로 돌아가야지."

"그 대머리 남자 이야기 또 들어야 해? 말이 너무 많던데. 그 사람도 너희 친구니?"

세바스찬이 활짝 웃으며 물었다.

"클레이 선생님? 아니, 그분은 선생님이야. 그리고 이번에는 클레이 선생님 말고 모어컴 선생님을 만날 거야. 수학 시간이거든."

"좋아. 우리는 모어컴 선생님을 만난다. 수학 시간이니까."

세바스찬이 엠마의 대답을 따라했다.

올렉과 엠마, 세바스찬은 비밀 통로를 지나 피아노 위로 내려와 음악실을 빠져나왔다.

복도를 따라 수학실로 가는 길에 엘리사와 마주쳤다. 엘리사는 교장실 앞 플라스틱 의자에 앉아 휴지 뭉텅이를 손에 쥐고 흐느끼고 있었다.

세바스찬이 멈췄다.

"가자. 수학 시간에 늦으면 안 돼. 모어컴 선생님이 요즘 좀 이상해지셨단 말이야. 정신이 어떻게 되신 분 같아."

올렉이 말했다.

"저 아이 슬퍼 보여."

세바스찬은 엘리사에게서 눈길을 떼지 않았다.

"슬픈 게 아니라 기분이 나쁜 걸 거야. 성질이 아주 고약하거든."

엠마가 고개를 흔들었다.

"성질이 안 좋은 사람도 슬플 수 있어. 사실 성질이 가장 안 좋은 사람이 기분도 가장 안 좋은 법이니까. 생각해 봐. 행복한 사람은 뚱하게 앉아서 시간낭비하지 않잖아. 저 아이 눈을 봐. 눈에서 물이 흘러."

세바스찬의 목소리가 커졌다.

"눈물이라고 해. 우는 거야."

엠마는 한번도 안쓰럽다고 생각해본 적 없는 엘리사에게 안쓰러움을 느끼지 않으려 애썼다.

"너희들 말하는 거 다 들려."

엘리사가 코를 풀다말고 외쳤다.

"무슨 일이 있었길래 눈에서 물까지 나오는 거야?"

세바스찬이 엘리사에게 다가갔다.

"찍찍이를 손에 잡고 있었는데 그 조그마한 생쥐 녀석이 도망가 버렸어."

실험실에 산다고 알려져 있지만 하버스 선생님 머리에서 더 자주 보이는 생쥐 찍찍이였다. 하버스 선생님이 찍찍이를 데리고 다니지 않을 때는 아이들이 찍찍이와 놀 수 있었다. 물론 도망가지 않게 최대한 조심해야 했다.

"아이들은 내가 일부러 찍찍이를 풀어준 거래. 맹세코, 진짜로, 절대 풀어준 게 아냐. 아이들이 엄마한테 전화할 거야. 엄마가 저번에 나한테 엄청 화가 나서 한번만 더 속 썩이면 주말에 아빠 못 만날 거라고 했는데.”

엘리사가 눈물을 쏟았다.

“생쥐가 어떤 옷을 입고 있었니?”

세바스찬이 무릎을 꿇었다.

“아무 옷도 입고 있지 않아. 걔는 그냥 쥐야.”

엘리사가 코를 훌쩍였다.

“벌거벗은 쥐라…. 벌거벗은 거 말고 다른 특징은?”

“일단 생김새는 동그랗고 길쭉한 배 모양. 털은 갈색, 이빨은 크고 누래. 몸에서는 화장실 냄새가 나지. 지금쯤 아이들이 엄마에게 전화했을 거야. 엄마가 분명 지난번이 마지막 기회라고 했는데.”

엘리사가 다시 울음을 터뜨렸다.

세바스찬이 가방을 열었다. 가방으로 빨려 들어가듯 팔을 쑥 집어넣었다.

“자, 여기.”

따뜻한 아이스크림을 기대하던 올렉은 실망했지만 엘리사는 폴짝 뛰었다. 세바스찬의 손에 누런 이빨이 톡 튀어나온 벌거벗은 생쥐가 들려 있었다.

"고마워! 고마워! 고마워! 고마워!"

엘리사가 세바스찬을 꽉 끌어안았다.

"찍찍이를 어떻게 찾았어? 어디서? 얼마나 데리고 있었던 거야?"

세바스찬은 어깨만 으쓱할 뿐이었다.

"아차, 그게 다 무슨 상관이람. 정말 고마워, 세바스찬."

"엘리사 구버! 당장 교장실로 들어오도록."

교장선생님이 교장실 안에서 소리쳤다.

엘리사가 눈물을 닦고 블라우스를 매만진 후 가슴을 쫙 펴고 교장실로 들어갔다. 보란듯이 생쥐를 높이 들고서.

"세바스찬? 너 혹시 눈사람에 대해 아는 거 있니?"

엠마가 물었다.

올렉은 고개를 갸웃거렸다.

"지금은 몰라. 내가 아는 눈사람들은 죄다 물웅덩이가 되었거든."

세바스찬이 나지막이 대답했다.

11

그날은 삼 년 같은 하루였다. 교실은 너무 추웠고 수업도 지루했다. 엠마와 올렉은 내내 서로를 쿡쿡 찌르며 빙고 게임, 행맨 게임, 연필 부러뜨리기, 양말 바꾸기 등으로 시간을 때웠다.

세바스찬은 완벽한 모범생이었다. 모든 질문에 열정적으로 대답했으며 공책에 선생님의 말을 모두 받아 적었다. 전날에 왜 결석했냐는 질문에는 설인이라는 괴물을 찾아 히말라야 산맥을 하이킹한 이야기를 들려주었다. 세바스찬은 설인을 만난 이야기, 눈사태를 겪은 이야기, 초콜릿 과자 한 통으로 나흘을 버틴 이야기를 실감나게 전했다.

학교 수업을 마칠 시간이 다 되어가도록 올렉과 엠마는 방과 후에 세바스찬을 어떻게 해야 할지 결정하지 못 했다.

엠마는 세바스찬이 여기 있는 동안에는 집에 데려가서 함께 있어야 한다고 생각했다. 올렉은 세바스찬이 누구든, 어디서 왔든 세바스찬의 부모님이 걱정할 거라고 생각했다.

"사실 세바스찬에게 부모님이 있을지 모르겠어. 세바스찬은 요크셔 푸딩이 뭔지도 모르잖아."

엠마가 속삭였다.

"세바스찬이 분명 거짓말 안 한다고 했잖아."

"거짓말을 안 한다는 게 거짓말일 수도 있지."

올렉은 세바스찬을 다시 우주선에 태워보자고 말했다. 하지만 고장 난 우주선은 당분간 고치기 힘들 거라던 세바스찬의 말이 떠올랐다.

수업을 마친 후 셋은 일단 큰 길 너머 들판으로 향했다. 돌멩이를 차고 막대기를 휘두르며 터덜터덜 걸었다.

신문 판매점과 신나는 노래가 나오는 아이스크림 트럭, 유리창이 반짝이는 도서관과 붉은 사자 선술집을 지났다.

번쩍이는 전구와 큼직한 눈송이와 빛나는 순록으로 성탄 장식을 한 집들도 만났다.

얼마 지나지 않아 거리가 텅 비었다. 아이들은 모두 집에 들어가 따뜻한 물로 씻거나 차를 마실 시간이었다. 갑자기 올렉의 얼굴이 어두워졌다. 세 사람 위로 그림자 하나가 드리웠다.

"엠마, 저 차가 우릴 계속 따라오는 것 같아."

올렉이 목소리를 낮췄다.

엠마는 올렉의 어깨 너머를 흘깃 보았다. 길쭉하고 까만 차가 슬금슬금 따라오고 있었다. 창문이 새카매서 자동차 안은 전혀 보이지 않았다.

"우리를 쫓아올 이유가 있나?"

엠마가 고개를 갸웃했다.

"나도 몰라. 일단 내가 셋 셀 테니까 셋 하면 그 자리에 멈춰."

올렉이 주먹을 쥐고 손가락 세 개를 폈다. 그런 다음 하나씩 접으며 말했다.

"하나, 둘, 셋."

셋은 멈춰 섰다.

뒤따르던 차도 멈췄다.

"우릴 따라오는 게 분명해."

올렉의 목소리가 떨렸다.

"일단 뛰어!"

엠마가 소리쳤다.

올렉과 엠마와 세바스찬은 큰 길 위를 가로지르는 다리를 향해 전속력으로 달렸다. 문득 아이들은 큰 길을 건너면 차가 반대편에서 기다릴지도 모른다는 생각이 들었다.

"몇 집만 정원을 몰래 넘으면 저 위쪽 길로 도망칠 수 있을 거야. 여긴 다행히 피츠시몬스 아주머니 집이야. 아주머니는 우릴 이해해 주실 거야. 아주머니네 개가 낯선 사람들한테 사납긴 하지만."

엠마가 말했다.

아이들은 울타리를 넘어 얼어붙은 야생화와 녹슨 쓰레기통, 낡은 덮개식 욕조가 나뒹구는 지저분한 정원으로 뛰어내렸다. 목에 화려한 스카프를 두른 땅딸막한 개가 집에서 뒤뚱뒤뚱 걸어 나왔다. 엠마가 쪼그리고 앉아 개가 핥을 수 있도록 얼굴을 내밀었다. 올렉은 세바스찬 뒤로 숨었다.

"그래도 착한 녀석이야. 이제 가자."

엠마가 말했다.

"죄송해요. 피츠시몬스 아주머니."

올렉이 소리쳤다. 아이들은 눈밭을 달려 다음 집 울타리를 넘었다.

완벽하게 정원이 정돈된 집이었다. 이 집에만 겨울이 오지 않은 것 같았다. 회색 바위로 둘러싸인 타원형의 잔디밭에는 초록 잔디가 자랐다. 켄타우로스 모양의 분수에서는 달콤한 향이 나는 물거품이 일었다. 화단의 꽃들이 색색깔로 빛났다.

아이들이 정원에 발을 디뎠을 때 붉은 턱수염의 남자가 집에서 달려 나왔다. 남자는 추레한 잠옷 차림으로 기다란 빗자루를 휘둘렀다.

"거기 서! 너희들 누구냐? 정체를 밝히지 않으면 이 빗자루 꼬챙이에 꿰어 버릴 테다."

올렉은 남자가 집에서 아빠와 카드놀이를 하던 아저씨라는 걸 알아차렸다.

"안녕하세요, 화이트하우스 아저씨! 저예요."

올렉이 소리쳤다.

"올렉? 너야? 정원에서 도대체 뭐하는 거냐?"

아저씨가 빗자루를 내려놓았다.

"이야기가 길어요. 죄송하지만 저희는 바로 가봐야 해요."

"아빠한테 안부 전해라!"

아이들은 다음 집 울타리로 향했다.

세 번째 집 정원은 고철로 만든 화려한 금속 조각으로 가득 차 있었다.

큰 곰과 작은 곰, 거대한 곤충과 물고기, 에펠탑과 빅벤 또 이끼와 눈에 덮여 곧 쓰러질 것 같은 사람 조각상까지.

목도리를 여러 겹 두른 남자가 집에서 뛰쳐나왔다. 남자는 금속을 조각할 때 쓰는 용접 헬멧을 머리에 걸쳤다.

"죄송해요!"

엠마가 외쳤다.

"저희 도둑 아니에요."

올렉도 소리를 질렀다.

"아저씨 복 받으실 거예요!"

세바스찬이 웃으며 소리쳤다.

남자는 낯선 아이들이 울타리를 넘어 들어온 상황에 전혀 동요하지 않았다. 오히려 흥미진진해 보였다. 집에 들어와 차라도 한 잔 마셔주길 바라는 것 같았다. 아이들이 다음 집을 향해 뛰어갈 때 손을 흔들며 작별인사까지 했다.

아이들은 마지막 장애물을 향해 달렸다.

죽 늘어선 집들 중 마지막 집이 남았다. 코가 빨개지고 속눈썹에 얼음 구슬이 맺힐 정도로 매서운 추위 속에서 아이들은 잠시 한숨을 돌렸다. 하지만 아이들은 모두 자리에 주저앉고 말았다. 샛길로 까만 차가 보였다.

"얘들아, 나 기절할 것 같아."

올렉이 눈을 감았다.

"지금 기절할 때가 아냐."

엠마가 쏘아붙였다.

"기절하고 싶어서 하는 거 아니거든."

올렉이 뾰로통하게 말했다.

"설마 그 차는 아니겠지?"

"정원 속으로 사라진 우릴 찾아낼 방법은 없어."

길모퉁이에서 까만 차가 점점 가까이 다가왔다. 창문이 시커멓게 선팅된 차였다.

차 문이 열렸다.

"오, 이런."

엠마가 낮게 중얼거렸다.

아이들은 반대편 골목길로 미친 듯이 달렸다. 쫓아오는 사람이 누군지 아무도 감히 뒤돌아 보지 못 했다.

처음에는 둔탁한 발걸음 소리가 아이들을 따라왔다. 잠시 후 작전을 바꿨는지 다시 자동차 시동을 거는 소리가 들렸다.

"이쪽으로 가자."

엠마가 아이들을 다른 골목으로 이끌었다. 슈퍼마켓 주차장 건너편 인도 레스토랑과 중국 음식점, 네일숍과 애견 미용실이 늘어선 거리였다.

중국 음식점 상하이 궁전은 엠마 엄마의 가장 친한 친구 수 아주머니가 운영했다. 손님이 많은 저녁 시간에는 엄마도 배달을 도왔다. 엄마는 기름을 아끼려고 올리버의 자전거를 타고 배달을 다녔다. 정체를 알 수 없는 까만 차가 다시 눈에 띈 순간 엠마가 아이들을 식당 안으로 밀어

넣었다.

"아주머니, 식당 주방에 좀 숨을 수 있을까요?"

엠마가 아주머니에게 조심스럽게 물었다.

"숨는다고? 누가 너희를 쫓아오니?"

"우리도 잘 이해는 안 되지만 당장 숨어야 하는 것만은 분명해요."

"들어가렴, 들어가렴."

아주머니는 아이들이 숨바꼭질을 하는 거라 생각했다.

아이들은 계산대를 돌아 주방으로 몸을 숨겼다. 깊고 둥근 프라이팬에서 뜨거운 기름이 튀고 볶음 국수의 기름지고 짭조름한 냄새가 코를 찔렀다. 아이들은 각종 음식 재료가 보관된 작은 창고를 발견하고 안으로 들어갔다.

"너무 신나."

세바스찬이 눈을 반짝였다.

"난 심장이 터질 것 같아."

올렉이 한숨을 쉬었다.

"쉿."

엠마가 속삭였다.

★

십 분 후, 수 아주머니가 창고로 왔다. 아주머니는 아이들 앞에 쭈그리고 앉았다.

"도대체 무슨 일에 휘말린 거니?"

"저희도 몰라요. 학교에서 나와 집에 가는데 어떤 차가 따라왔어요. 남의 집 정원까지 넘어가며 겨우 따돌린 줄 알았는데 아니었어요. 혹시 누가 왔어요?"

엠마가 말했다.

"웬 여자가 왔어. 확실하지는 않지만 여자인 것 같아. 코 아래쪽은 스카프로 감싸고 위쪽은 모자를 푹 눌러 써서 얼굴을 가렸거든. 무슨 말을 하는지 겨우 알아들었지. 상상이 되니?"

"그 여자가 뭐라고 했어요?"

"아이들 세 명이 여기 들어오지 않았냐고. 여기는 식당이지 애들 봐주는 데가 아니라고 대답했지. 애들 세 명 데리고 여기서 뭘 하겠냐고. 내 말을 믿었는지 모르겠어. 그 여자는 뭘 어쩌려는 거였을까? 엄마한테 전화해야겠지?"

수 아주머니가 걱정스러운 표정을 지었다.

"아니요, 안 하시면 안 돼요? 엄마가 걱정밖에 더 하겠어요? 게다가 지금 일하고 계실 거예요. 엄마가 일하는 카페가 크리스마스 준비로 무지 바쁘거든요."

"그럼 전화는 하지 않으마. 대신 최대한 조심하겠다고 약속해야 한다."

아주머니가 엠마의 손을 잡았다.

"고마워요, 아주머니. 진짜 조심할게요."

"아가, 아무래도 마음이 안 놓이는구나."

"저 아기 아니잖아요."

"나한테는 아기야. 도움이 필요하면 엄마에게 꼭 전화해. 적어도 오빠에게라도."

아주머니가 손에 힘을 주었다.

"그럴게요!"

"안녕히 계세요!"

"얘들아, 잠깐!"

아이들이 식당 문을 나서기 전에 아주머니가 포춘 쿠키를 꺼내 왔다. 무슨 일이 일어날지 안다면 대처하기 쉬운 법이라며 아이들 손에 쪽지가 든 쿠키를 쥐어 주었다.

★

아이들은 마을 들판까지 정신없이 달렸다. 해가 뉘엿뉘엿 지기 시작하면서 하늘이 핑크빛으로 물들었다. 소들은 눈으로 덮인 풀을 뜯어 먹었다. 머리 위 전깃줄에서 탁탁 소리가 났다. 다행히 창문이 시커먼 차는 보이지 않았다.

"누가 따라왔을지 짐작되는 사람 있어?"

올렉이 가쁜 숨을 내쉬며 세바스찬에게 물었다.

"왜 꼭 세바스찬을 쫓아온 거라고 생각해?"

엠마가 얼굴을 찌푸렸다.

"우린 이 동네에서 십 년 동안 살았지만 한 번도 시커먼 차가 따라온 적 없었잖아. 세바스찬이 나타나면서 영화 같은 일들이 계속 일어나니까."

"그렇다고 꼭 세바스찬을 탓할 순 없어."

"나도 알아. 미안해. 무서워서 머리가 어떻게 됐나봐."

올렉이 얼굴을 감쌌다. 올렉은 까만 차와 이상한 여자만 두려운 게 아니었다. 무슨 일이 일어나고 있는지 모르니 앞으로 뭘 해야 할지 알 수 없어서 두려웠다.

"너무 무서워하지 마. 두려움에 사로잡히는 건 네 소중한 시간을 빼앗아 갈 수 있어. 점쟁이가 엄마에게 일주일 뒤에 피를 볼 거라고 예언한 적이 있었어. 엄마는 세탁기에 갇힌 원숭이처럼 겁에 질렸지. 다 끝장이라며 일주일 동안 침대와 한몸처럼 붙어 있었어. 그러다 일주일째 되는 날 화장실에 갔는데 그만 화장실 문에 발을 찧은 거야. 피가 한 방울 나왔지. 얼마나 웃었던지. 두려움에 사로잡히는 건 고통이 오기도 전에 고통을 느끼는 거야."

세바스찬이 다정하게 말했다.

"맞아. 그리고 한 가지 더. 우리의 새 친구에게는 마법 가방이 있지. 아이스크림과 생쥐를 만들어 낸 가방이라면 분명 우릴 도울 물건도 만들 수 있을 거야. 예를 들면 검도할 때 쓰는 칼 같은 것."

엠마가 맞장구쳤다.

"그걸로 뭘 어쩌려고?"

올렉의 눈이 커졌다.

"몰라. 나쁜 사람이 오면 휘두르기?"

엠마가 어깨를 으쓱했다.

"엠마, 진정해. 정말 이해가 안 돼. 우리가 만들어 낸 사람을 누가 무슨 이유로 쫓고 있는지."

"뭐라고?"

세바스찬이 고개를 갸웃거렸다.

"아참, 미안해."

"괜찮아. 너희가 날 만든 것일 수도 있지. 잘 믿어지진 않지만. 솔직히 난 내가 너희를 만든 것 같거든. 늘 같이 놀 친구가 있으면 좋겠다고 생각했어."

세바스찬이 말했다.

"할머니가 우리는 모두 누군가의 머릿속에서 시작되었대. 나도 마찬가지고."

"우리는 모두 어디에서 왔을까?"

잠시 침묵이 흘렀다. 아이들은 소떼 사이로 난 길로 들어섰다. 소똥 무더기와 눈 덮인 따끔한 쐐기풀을 피해 하얀 눈밭에 세 쌍의 발자국 길이 났다.

"차가 어딘가에서 기다릴 지도 몰라. 몸을 숨겨야 해."

올렉이 말했다.

"이쪽으로 가자."

엠마가 나무가 길게 늘어선 길로 뛰었다. 소들이 무슨 일인지 보려고 느릿느릿 고개를 들었다. 하지만 금세 흥미를 잃고 다시 풀을 뜯었다.

나무를 따라 비탈길을 내려가니 개울이 흘렀다. 산에서 흘러나와 구불구불 숲을 지나 마을로 들어가는 개울이었다. 물은 마실 수도 있을 만큼 맑았다.

올렉은 이 개울에서 동전을 여덟 개나 주운 적 있었다.

엠마는 놀이동산 축제에서 받은 금붕어를 이곳에 풀어주기도 했다.

모두 말없이 막대기와 돌멩이와 오래된 음료수 캔 같은 것을 모으기 시작했다. 댐을 만들기 딱 좋은 물줄기를 발견했기 때문이다. 아이들은 둑을 쌓았다.

둑쌓기는 아이들이 가장 재밌어 하는 놀이 중 하나였다. 이렇게 놀다 보면 추위도 잊을 수 있었다.

세바스찬은 곧 요령을 터득했다.

둑이 점점 높아졌다. 나뭇가지를 두껍게 엮고 낙엽 뭉치로 틈을 막았다. 물의 높이도 점점 높아졌다. 물이 거품을 내며 둑 위로 솟구쳐서 세차게 떨어졌다. 작은 오렌지색 물고기가 물 위로 튀어 올랐다. 마치 전기 불꽃이 튀는 것 같았다.

댐에서 틈이 보일 때마다 아이들은 앞다퉈 구멍을 막았다. 삼십 분도 넘게 댐을 손질했다. 댐은 마침내 푸들 한 마리가 지나가도 무너지지 않을 만큼 튼튼하게 지어졌다.

"진짜 재밌다. 너희 혹시 송어 간질이기 해봤니? 왕들이 하던 놀이."

세바스찬이 자리에서 벌떡 일어섰다.

올렉과 엠마는 고개만 갸웃거렸다.

"송어를 잡는 방법 중 하나야. 낚싯대나 낚시 바늘, 미끼를 사용하지 않고서도 잡을 수 있지."

"어떻게 하는데?"

올렉이 물었다.

세바스찬이 개울로 첨벙 들어가 시범을 보였다.

"아주 조심스럽게 최대한 살금살금 움직여야 해. 우선 이렇게 쪼그리고 앉아서 손바닥을 위로 향하게 개울 바닥에 두는 거야."

세바스찬이 무릎을 꿇고 손을 물에 집어넣었다.

"이제 기다려야 해. 기다리고 기다리고 조금 더 기다려. 물고기가 손 안에 들어올 때까지. 손에 들어오면 물고기의 배를 쓰다듬는 거지."

세바스찬은 손을 움직이며 쓰다듬는 시늉을 했다.

"그럼 송어가 엄청 간지러워한대. 몸을 움직이지 못 할 정도로 웃다가 진짜로 몸이 움직이지 않게 된대. 그때 편하게 물에서 건져내면 돼."

"물고기는 웃지 않아."

엠마가 팔짱을 꼈다.

"내가 들어본 이야기 중에 제일 말도 안 되는 걸."

올렉도 거들었다.

어쨌든 셋은 한번 해보기로 했다.

올렉의 손에 들어온 것은 검은 반점이 생긴 바나나 껍질이었다.

엠마의 손에는 구부러진 자전거 바퀴가 들어왔다. 바퀴는 빠르게 달리다 어딘가 부딪혔는지 거의 반이 휘어져 있었다.

"물고기 대신 이런 것만 잡히는 걸."

엠마가 물에서 나와 얼음 같은 물방울을 털어내며 투덜거렸다.

"아냐, 여길 봐."

세바스찬이 물에서 팔을 들어 올려 작은 기타만한 물고기를 보여주었다. 진주 빛 물고기는 파닥거리며 온 사방에 물을 튀겼다. 비린내가 확 퍼졌다. 눈알은 툭 불거졌고 아가미가 파르르 떨렸다.

"어서 놓아줘!"

엠마가 소리쳤다.

올렉은 이미 열 걸음 넘게 달아나 버드나무 아래서 눈을 가린 채 몸을 웅크렸다.

"난 못 보겠어."

"너희 안 잡아먹어."

세바스찬이 웃음을 터뜨렸다. 그러고는 물속으로 다시 손을 넣었다. 물고기는 세바스찬의 손에서 빠져나와 유유히 헤엄쳤다.

"잘 가, 귀염둥이."

세바스찬이 물고기가 안 보일 때까지 손을 흔들었다.

잠시 후 셋은 머쓱하게 웃다가 곧 데굴데굴 굴렀다. 세바스찬은 풀잎으로 팔에 묻은 물고기의 미끈한 점액을 닦았다.

"너희 설마 물고기를 한 번도 본 적 없는 거야? 물고기는 물에 사는 다리 없는 강아지나 다름없어."

세바스찬이 말했다.

"차이나타운에서 붕어빵을 본 적 있을 뿐이야."

올렉이 말했다.

"붕어빵이 진짜 붕어로 만든 빵이 아니라는 건 알지?"

엠마가 웃었다.

"나도 알아."

올렉의 얼굴이 달아올랐다.

"좋아. 이제 슬슬 배고프다."

엠마가 꼬르륵 소리가 나는 배를 문질렀다.

"나도."

"나도."

아이들은 개울가에 앉아 포춘 쿠키를 꺼내 반으로 쪼갰다. 한 명씩 쿠키 속 쪽지에 적힌 글귀를 읽었다.

올렉의 쿠키.

"긴장 풀고 따뜻한 물에 몸을 좀 담그세요. 오늘 당장 세상이 끝나지 않아요."

엠마의 쿠키.

"용기와 어리석음 둘 다 가지고 있군요. 두 가지가 섞이지 않도록 조심하세요."

세바스찬의 쿠키.

"살아있다는 것은 놀라운 기적입니다. 살아있는 모든 순간을 소중히 여기세요."

아이들은 갑작스럽게 친구를 데려왔을 때, 올렉의 아빠보다는 엠마의 엄마가 덜 당황할 거라는 결론을 내렸다. 비록 올렉의 아빠가 잠들어 있더라도 말이다. 올렉의 아빠는 잠에서 깨는 순간 더 이상 자지 못 하는 것에 대해 끊임없이 투덜거렸다. 옆에 있는 사람에게 불똥이 튀는 것은 말할 것도 없었다.

"엄마! 친구들 왔어요."

문을 열고 들어가며 엠마가 외쳤다.

하지만 그 시간 엄마는 심야 카페에서 일을 하고 있었다. 간호사와 소방관, 야간 교대 근무를 하는 경비원들이 주로 찾는 카페였다. 그들은 설탕이 듬뿍 든 차나 풍성하고 기름진 이른 아침을 먹었다.

"너희 엄마는 목소리가 엄청 작은가봐."

세바스찬이 친구 엄마를 찾아 기웃거렸다.

"집에 안 계신 것 같아. 오늘 밤새 일하는 날인가보네."

"혹시 엄마가 박쥐 잡는 일을 하시니?"

세바스찬이 눈을 동그랗게 떴다.

"아니, 엄마는 커피를 만들어."

"왜? 밤에는 집에 있는 게 낫지 않을까?"

엠마는 입을 좀 다물라는 듯한 표정을 지었다.

"당연히 엄마도 집에 있고 싶겠지. 일을 해야 하니까 어쩔 수 없이 가는 거야."

"커피를 만들지 않으면 안 좋은 일이 생기나봐."

"뭐 비슷해."

엠마가 한숨을 쉬었다.

아이들은 부엌에서 엠마의 오빠 올리버를 발견했다. 올리버는 체크무늬 앞치마를 걸치고 요리사용 기다란 종이 모자를 쓰고 있었다. 뺨에는 밀가루가 군데군데 묻어 있었다.

엠마가 주전자에 찻물을 올렸다.

올리버는 둥근 접시 위에 소금과 후추를 갈고 허브 이파리를 뜯어서 넣었다. 그릇에 코를 대고 숨을 깊이 들이마셨다. 그리고는 만족스러운 표정을 지었다.

"한번 맛볼래? 신선한 민트 잎을 넣은 파스타야. 피츠시몬스 아주머니 정원에 민트가 자라고 있더라. 아주머니가 얼마든지 따가도 좋다고 하셨어."

올리버가 엠마에게 윙크하며 손짓을 했다.

"형이 직접 만들었어?"

올렉이 물었다.

"그럼 내가 다 만들었지."

올리버가 활짝 웃었다.

아이들은 접시를 가운데 두고 파스타를 한 가닥씩 후루룩 맛보았다.

"내가 먹어본 파스타 중에 최고로 맛있어."

세바스찬이 엄지를 치켜세웠다.

"네가 먹어본 최초의 파스타가 아닐까?"

올렉이 혀를 쏙 내밀었다.

올리버만 빼고 모두 웃음이 터졌다.

올리버는 이 낯선 아이가 어디서 왔는지 궁금했다. 어디 살길래 파스타도 못 먹어봤지? 그런 곳이 있다면 이탈리안 레스토랑을 열기에 최고의 장소 아닐까.

"우린 그만 숙제하러 갈게. 선생님이 조별 과제를 내주셨거든."

엠마가 서둘러 올렉과 세바스찬을 데리고 마당 창고로 향했다.

마당 창고는 녹슨 갈퀴와 바람 빠진 축구공, 반쯤 남은 페인트와 너무 낡아서 원래 어떤 제품이었는지도 알 수 없는 기계 부품 같은 것이 쌓여 있었다.

구석에는 거미줄이 늘어졌다.

진흙이 딱딱하게 굳은 고무장화가 오래된 비옷과 페인트가 흩뿌려진 천 위에 아무렇게나 내팽개쳐져 있었다.

아이들은 양동이를 하나씩 뒤집어 깔고 앉았다.

엠마가 주전자에 가득 채워온 차를 따랐다. 설탕을 한 숟가락 가득 넣고 우유도 부었다.

"우리 이제 어떻게 하지?"

엠마는 따뜻한 컵을 양 손 사이에 쥐고 돌렸다.

"글쎄. 어쨌든 세바스찬이 위험한 상황인 건 분명해. 내일까지 여기 머무는 게 좋을 것 같아."

올렉이 말했다.

"왕 이야기 좋아하는 남자를 만나러 너희랑 같이 가고 싶어. 난 혼자 있기 싫어. 그게 몇 천 배는 더 위험할 걸. 우리 셋이 같이 있다가 수상한 사람이 나타나면 소리를 꽥 지르는 게 제일 좋은 방법일 거야."

세바스찬이 간절한 눈빛을 보냈다.

"하지만 그 사람들이 학교로 찾아오면?"

"그럼 새 계획을 짜야겠지. 난 사실 계획 짜기 선수야."

세바스찬이 씩 웃었다.

아이들은 차를 홀짝였다.

"도저히 누가 그런 짓을 하는 건지 모르겠어. 오늘 아침에 나타난 아이를 누가 쫓는 걸까?"

올렉이 심각한 표정을 지었다.

"그러지 말고 학교에 가서 경비 아저씨를 만나보자."

엠마가 말했다.

올렉은 엠마가 이상한 계획을 세우는 데 익숙했지만 이번만큼은 이해하기 힘들었다.

"경비 아저씨를 왜 만나? 아저씨가 세바스찬이랑 무슨 상관이야?"

"어쩌면 상관이 있을 수도 있어. 엄마가 그러는데 엄마가 우리 학교에 다니던 학생이었을때도 지금 경비 아저씨가 있었대. 카우보이 경비 아저씨 말이야. 계산을 해보았어. 엄마가 학교에 다닌 건 사십 년 전이야. 그때 아저씨는 쉰 살쯤으로 보였대. 그럼 지금은 아흔 살이라는 결론이 나와."

"말도 안 돼."

올렉이 고개를 저었다.

"나도 말이 안 된다고 생각해. 하지만 엄마가 학생일 때 경비 아저씨와 지금 경비 아저씨는 아무래도 같은 사람 같아. 입에 지푸라기를 문 것까지 똑같거든. 세바스찬처럼 우리가 이해할 수 없는 무엇인가 있는지도 몰라."

"그럼 네 말은 경비 아저씨가 아흔 살 할아버지고, 그 미스터리한 할아버지한테 세바스찬에 대해 물어보자는 거지?"

"정확해. 넌 어떻게 했으면 좋겠어? 떠오르는 거 없어?"

엠마가 말했다.

"난 아직 생각 못 했어."

올렉이 마른 침을 삼켰다. 그저 무서운 일이 일어날 것 같은 예감만이 머릿속을 꽉 채웠다.

★

아이들은 운동장 구석에 있는 경비 아저씨의 창고로 향했다. 창고는 둥근 창문이 난 철제 건물이었다. 창밖으로 노란색 불빛이 새어나왔다.

"노크해야겠지?"

엠마가 아이들을 보았다.

"우리 그냥 집에 가자. 아저씨는 좀 이상한 구석이 있잖아. 이상한 사람은 위험해."

올렉이 속삭였다.

"아저씨는 이상한 사람이 아냐. 학교에서 일하잖아. 학교에서 이상한 사람에게 경비를 맡기진 않을 거 아냐?"

엠마가 올렉의 어깨를 잡았다.

"다 들린다. 조심성은 칭찬하마. 똑똑한 아이들이구나."

경비 아저씨가 창고 안에서 외쳤다.

곧 문이 열리고 진흙 묻은 작업복과 카우보이 모자를 쓴 아저씨가 나타났다. 입가에는 지푸라기를 물고 있었다.

"안녕하세요. 저는 세바스찬 콜이에요. 이미 아시겠지만."

세바스찬이 손을 내밀었다.

올렉과 엠마의 눈이 휘둥그레졌다.

"어서 들어오렴, 세바스찬. 바람이 차다. 게다가 최근에 좀 수상한 소식이 들리는구나."

아이들은 아저씨를 따라 창고로 들어갔다. 잡동사니가 가득했지만 아늘하게 느껴지는 방이었다. 먼지 쌓인 책이 높이 쌓여 있었다. 아이들은 오래된 소설책 더미를 의자 삼아 걸터앉았다. 한쪽 구석에서는 통나무 장작이 활활 타올랐다.

장작 위 커다란 솥에서 물이 보글보글 끓었다. 아저씨는 따뜻한 코코아를 타서 아이들에게 건넸다. 지금까지 먹어본 코코아와는 뭔가 달랐다. 온 몸으로 진한 초콜릿 맛이 퍼졌다. 올렉은 마치 다섯 살 때로 돌아간 느낌이었다.

아저씨가 나무 양동이 하나를 가져와 엎은 뒤 그 위에 앉았다. 아저씨는 아이들을 차례로 보며 고개를 끄덕였다. 전혀 위험한 사람 같아 보이지 않았다. 하지만 올렉은 아저씨에 대한 미스터리를 풀지 않는 한 마음을 놓을 수 없었다.

"몸이 한결 따뜻해졌니? 이제 이야기 해봐. 이 밤에 여기까지 찾아온 이유가 뭐니?"

엠마는 이야기를 어떻게 시작해야 할지 알 수 없었다. 다짜고짜 나이를 물을 수도 없는 노릇이었다. 그건 무례한 행동이었다. 세바스찬이 누구인지 설명하는 것도 막막했다. 사실대로 말해야 할까? 장난이라고 생각하면?

엠마는 일단 코코아를 한 모금 마셨다. 따뜻한 코코아가 시끄러운 머릿속을 진정시켰다.

"음, 저희는 세상에서 벌어지는 설명하기 힘든 일에 관해 물어보고 싶어서 왔어요."

아저씨는 아무 말도 하지 않고 눈을 감은 채 코코아를 마셨다. 잠시 입

에 문 지푸라기를 씹더니 입을 열었다.

"마지막으로 하늘을 본 게 언제니?"

침묵이 흘렀다.

하늘이 무슨 상관이람.

아저씨가 모자를 벗어 가슴팍에 붙인 채 아이들을 보았다. 입에 물었던 지푸라기를 꺼내 세바스찬을 가리켰다.

"그래, 좋아. 너희 둘 중에 이 아이를 상상한 사람이 누구지?"

"저희 둘 다 아니에요. 보시다시피 세바스찬은 실제로 있는 사람이에요. 냄새도 난다고요."

올렉이 당황한 나머지 거짓말을 했다. 올렉 스스로도 납득이 되진 않았지만, 세바스찬이 갑자기 나타난 사실을 순순히 인정해서는 안 될 것 같았다. 어른에게 사실대로 말하는 것은 위험한 일이었다.

"나 냄새 안 나."

세바스찬이 겨드랑이에 코를 박고 킁킁 거렸다.

"살아있는 건 다 냄새가 나. 너도 물론. 네, 맞아요. 저희가 세바스찬을 상상했어요. 세바스찬에 관한 이야기를 지어냈는데 다음 날 이 아이가 저희 둘의 비밀 장소에 나타났죠."

엠마가 또박또박 설명했다.

"거참 위험한 놀이를 했구나. 세상이 돌아가는 일에 손을 댔어. 상상을 몹시 경계하는 사람들이 있단다."

"저는 위험한 놀이도 아니고 상상 속 인물도 아니에요. 관절이 있고 옆으로 재주넘기도 할 수 있어요."

세바스찬이 입을 삐죽거렸다.

"얘 이름은 세바스찬 콜이에요."

엠마가 코를 찡끗했다.

"이미 알고 계시겠지만."

올렉이 덧붙였다.

둘은 서로 마주보고 웃었다. 경비 아저씨가 어리둥절한 얼굴로 둘을 보았다.

"웃을 일이 아냐. 만약 그 사람들이 세바스찬을 잡아간다면 이 아이에게 어떤 일이 생길 것 같니?"

웃음소리가 한 순간에 뚝 멈췄다.

"세바스찬을 잡아간다고요?"

"모자 속에서 토끼를 꺼낼 수 없게 막는 사람들! 있을 수 있는 일만 일어나야 한다고 믿는 사람들! 그들이 세바스찬을 커다란 회색 건물의 새하얀 방으로 데려가 아무것도 아닌 존재로 사라질 때까지 가둘 거야. 잊힌 사람들은 별똥별보다 더 빨리 사라지지. 우리는 세상에 드러나야 해. 사람들 눈에 보이고 귀에 들려야 해."

"우리라니요? 그리고 세바스찬이 실제로 존재하는 사람이라면 왜 누군가의 보호를 받아야 하죠?"

올렉이 끼어들었다.

"들어보렴."

아저씨가 낡은 라디오를 의자 아래에서 꺼내 안테나를 잡아당겼다. 다이얼을 돌려 주파수를 맞추자 지지직거리던 라디오에서 선명한 목소리가 흘러 나왔다.

"일곱 시 저녁 뉴스입니다. 스코틀랜드 북쪽 스카이 섬에서 방금 들어온 소식입니다. 거대한 열대나무가 마을을 덮쳤습니다. 날벼락을 맞은 집이 한 두 집이 아닙니다. 그야말로 온 집이 초토화되었습니다. 이 열대나무들이 어디에서 왔으며 스코틀랜드 북쪽 지방의 추운 기후에서 어떻게 살아남았는지는 아직 밝혀지지 않았습니다. 또 소식이 들어오는 대로 전해드리겠습니다.

다음 소식입니다. 미국 네브래스카 주 버드홀 지역에 사는 자넷 클리버 씨가 빙고장에서 사흘 연속 우승하는 대박을 터뜨렸다고 합니다. 소감을 묻는 인터뷰에서 클러버 씨는 하늘을 날 것처럼 기쁘다며 이런 일은 난생 처음이라고 전했습니다."

아저씨가 라디오를 껐다.

"이게 세바스찬과 무슨 관계가 있죠?"

엠마가 물었다.

"생각해 봐. 이 세상은 도미노로 이뤄져 있어."

아저씨가 이마를 톡톡 쳤다.

"도미노 피자요?"

엠마가 눈을 동그랗게 떴다.

"피자? 좋지! 난 항상 피자가 먹어보고 싶었어."

세바스찬이 외쳤다.

"아니! 피자 이야기가 아니야. 진짜 도미노를 말하는 거야. 하나가 무너지면 나머지도 무너지는 도미노. 한 가지 변화가 천 가지 변화를 일으키지. 있을 수 없는 사건 하나가 있을 수 없는 일들로 가득 찬 세상을 만든다는 거야.”

세 아이들은 눈만 깜빡였다.

갑자기 아저씨의 표정이 굳어졌다. 자리에서 벌떡 일어나던 아저씨는 그만 코코아가 든 컵을 쓰러뜨렸다. 창고 바닥에 코코아가 다 쏟아졌다.

“내가 할 수 있는 이야기는 다 한 것 같아. 이제 그만 가보렴.”

아저씨는 아이들을 급히 내보낸 뒤 창고 문을 쾅 닫았다.

“모든 게 점점 더 이상해지고 있어. 도대체 아저씨가 한 말이 무슨 뜻이야?”

엠마가 얼굴을 찌푸렸다.

“피자?”

세바스찬이 호기심 어린 얼굴로 눈더미를 발로 툭 쳤다. 눈이 빵과 하얀 치즈로 만들어진 건 아닌지 시험이라도 해보려는 것 같았다.

“혹시 아저씨가 세바스찬의 아빠 아닐까?”

올렉이 심각한 표정을 지었다.

“아빠는 카우보이가 아냐. 반질반질하게 광나는 구두를 신고 일본에서 일하는 사업가야. 일본의 지구 반대편까지 진출한 주방 용품 사업을 하고 있다고.”

세바스찬이 말했다.

“그런데 경비 아저씨는 세바스찬이 여기 있으면 안 된다는 듯이 말했어. 그 사람들이 누군지는 몰라도 세바스찬을 잡으러 올 거라고.”

올렉은 식은 땀이 났다.

"절대 세바스찬이 잡혀가게 두지 않을 거야."

엠마가 눈을 부릅떴다.

"하지만 그 사람들이 누군지도 모르잖아!"

"경비 아저씨는 분명 우리에게 한 이야기보다 많은 것을 알고 있어. 그렇지 않고서야 갑자기 우릴 쫓아내듯 내보낼 리 없잖아. 아저씨에게 아는 걸 전부 말해달라고 해야 해."

엠마가 자리에서 일어섰다.

"하지만 어떻게? 아저씨는 우릴 창고에 들어오지도 못 하게 하실 거야."

올렉도 일어섰다.

아이들은 일단 엠마네 집 창고로 돌아왔다. 올렉이 가방을 챙겼다. 혼자만 빠져 섭섭하지만 어쩔 수 없었다. 주말도 아닌 평일에 친구 집에서 자겠다고 했다가는 아빠의 불호령이 떨어질 게 뻔했다.

"그만 가야 해. 아빠가 눈을 떴을 때 내가 없으면 분명 화를 내실 거야."

올렉의 표정이 어두워졌다.

"아빠가 벌써 잠들었다는 거야?"

세바스찬이 물었다.

"아빠가 하는 일이 자는 거야."

"혹시 어디 아프시니?"

"아니, 아빤 더 이상 사는 게 재밌지 않을 뿐이야."

13

그날 밤, 올렉은 침대에 누워 하루 동안 일어난 일을 되짚어 보았다. 세바스찬의 등장과 정체를 알 수 없는 차, 경비 아저씨, 학교를 돌아다닌 염소 생각에 밤늦도록 잠을 이루지 못 했다. 물론 방이 너무 춥기도 했다.

사실은 세바스찬에 대해 조금 의심이 들었다. 알고보니 세바스찬이라는 이름도 꾸며낸 것이고 끔찍한 범죄를 저질러서 도망 다니는 아이는 아닐까? 몰래 학교 운동장 구석에 숨었다가 올렉과 엠마의 이야기를 엿듣고 세바스찬이라는 이름을 훔친 건 아닐까? 그렇다면 둘은 범죄자를 숨겨준 죄로 경찰에 잡혀갈 지도 모른다.

아니면 세바스찬에게 마술 연필이나 마술 종이 같은 것이 있어 갑자기 이곳으로 오게 되었을 수도 있다. 세바스찬의 마술 주문이 제대로 먹히지 않아서 낯선 땅에 도착했지만, 호기심 많은 세바스찬은 새로운 세계를 탐험해보는 것도 괜찮다고 생각했을지도 모른다.

올렉은 세바스찬에 대해 논리적으로 이해해보고 싶었지만 말도 안 되는 생각만 떠올랐다.

갑자기 배에서 꼬르륵 소리가 났다.

집에 들어와 먹은 거라곤 전자레인지에 데운 라자냐가 다였다. 인스턴트 라자냐는 소스가 달아서 입에 안 맞았다. 민트 파스타를 많이 먹어둘 걸 후회하며 그 마저도 다 먹지 않았다.

올렉은 요리를 직접 해본 적도 있지만 거의 대부분 실패했다. 멀건 소스에 푹 빠진 질긴 고기와 속살이 안 익은 닭고기를 먹고 이틀 동안 학교에 못 간 적도 있었다. 계란빵이 오븐에서 펑 터져 시커멓게 탄 반죽으로 오븐이 엉망이 되기도 했다.

아빠가 잠만 자기 전, 올렉의 가족은 매주 일요일이면 폴란드 전통 만두를 빚었다. 밀가루 반죽을 굴려 동그랗게 만두피를 찍어내고 소를 넣어 반을 접은 다음 엄지손가락으로 꾹꾹 눌러 주름을 잡았다.

소는 보통 간 소고기나 감자, 양배추를 넣었다. 가끔은 새로운 재료를 쓰기도 했다. 고추 만두나 참치 만두 심지어 두툼한 초콜릿 덩어리를 넣은 만두도 만들었다. 초콜릿 만두를 만든 날에는 하나 맛보고는 다같이 매콤한 인도 요리를 먹으러 갔다.

잔뜩 빚은 만두는 냉동실에 얼렸다. 누구든지 배가 고프면 찌거나 버터에 구워서 새콤한 크림에 잘게 썬 파를 곁들여 먹었다.

올렉은 폴란드가 이제 기억이 가물가물하지만 만두의 맛만은 잊지 않았다. 입 안 가득 베어 물면 마음이 따뜻해지고 든든했다. 아빠랑 같이 만두를 먹고 있으면 아빠가 꼭 친구 같았다. 요즘 아빠는 바다 건너편에

사는 사람 같지만.

결국 크리스마스는 여느 날처럼 지나갈까?

창문으로 달을 보면서 올렉은 경비 아저씨가 한 말을 떠올렸다.

"마지막으로 하늘을 본 게 언제니?"

아저씨는 왜 그런 걸 묻는 거지?

올렉은 하늘을 보았다.

보고 또 보았다.

별 모양의 은색 반짝이는 것이 쉬익 소리를 냈다.

붉게 타오르는 거대한 무엇인가 하늘을 가로지르며 날아갔다.

올렉은 눈을 깜빡거렸다. 모든 것은 여전히 제자리에 있었다.

혜성이나 별똥별일 거라고 생각했다. 비록 그렇게 밝게 빛나는 것은 본 적 없지만. 별똥별을 딱 한 번 본 적 있었다. 갑옷을 선물 받게 해달라는 소원을 빌었는데 아직 구경도 못 했다. 올렉은 그 후 별똥별이나 소원 같은 것에 흥미를 잃었다.

천장에서 소리가 났다. 돌멩이 한 줌을 흩뿌리는 소리 같았다.

할머니가 깨어 있었다.

할머니는 가끔 엉뚱한 시간에 타자를 쳤다. 가장 불편할 때 영감이 찾아온다는 게 할머니의 신조였다. 낮에는 내내 자고 밤에 상상의 세계를 헤맸다. 어두컴컴한 다락방에서는 어차피 낮과 밤이 중요하지 않았지만.

올렉은 누군가와 이야기를 나누고 싶어서 이불을 걷어차고 다락방으로 올라갔다. 불이 켜져 있었다. 할머니가 치즈 조각을 야금야금 먹으며 아기 머리만한 머그컵을 홀짝였다. 할머니 방에는 전기 주전자와 미니 냉장고가 있었다. 주로 우유와 치즈, 초콜릿 무스 케이크 등을 보관했다.

"할머니, 저예요."

할머니가 치즈를 씹다 말고 타자기에서 손을 내리며 손자를 보고 웃었다.

"좋은 아침이구나."

"아침 아니에요. 자정쯤 되었을 걸요."

"아침 다 되었네, 뭘. 이리 와서 앉으렴."

할머니가 옆에 둔 트롬본 가방 위 먼지를 손으로 쓸었다. 올렉은 가방 위에 앉았다.

"하고 싶은 이야기가 있나 보구나."

"네…."

올렉이 고개를 끄덕였다.

"무서운 일이 있었니?"

"네, 할머니. 뭐 하나 물어봐도 돼요?"

"얼마든지. 물어봐서 손해 볼 일은 없지."

할머니가 빙그레 웃었다.

"혹시 세상에 없던 사람이 갑자기 나타나는 경우에 대해 들어본 적 있으세요? 아기가 태어나는 거 말고요. 멀쩡한 사람이 아무 이유도 없이 나타나는 거요."

할머니가 생각에 잠겼다.

한참 말없이 차를 마셨다.

치즈도 잘근잘근 씹었다.

"저기 있는 책 보이니? 자주색 책 있지? 좀 가져다 주겠니?"

할머니가 복잡한 다락방의 한쪽 구석을 가리켰다.

올렉은 터질 듯이 꽉 찬 종이 상자 사이를 헤집으며 발을 옮겼다. 위태롭게 선 비디오테이프 더미를 거의 쓰러뜨리기 직전에 책을 잡았다. 표지의 먼지를 불어 제목을 보았다. 『세상의 모든 미스터리들』. 올렉은 할머니에게 책을 건넸다.

"그래, 사람들은 어느 날 갑자기 사라진 사람 이야기는 들어도 나타난 사람 이야기는 들어보지 못 했을 거야. 하지만 그런 일이 없었던 건 아니란다. 울핏의 초록 아이들 이야기를 들어본 적 있니?"

올렉이 고개를 저었다.

"세상에 존재하지 않던 사람이 갑자기 나타난 최초의 사건이야. 들어 보렴."

할머니가 책을 휙 넘기더니 목을 가다듬었다.

"1073년 여름 오후, 영국의 울핏이라는 지역에 한 남자아이와 여자아이가 나타났다. 아이들은 마을 사람들이 여우를 잡으려고 파놓은 커다란 구덩이에서 발견되었다. 피부는 밝은 초록색이었으며 전혀 알아들을 수 없는 말을 썼다. 오로지 초록색 콩만 먹었다.

아이들이 영어를 배워 쓸 수 있게 되었을 때, 자신들은 해가 뜨거나 지지 않고 모든 것이 초록색인 나라에서 왔다고 했다. 소 떼를 돌보던 중에 소 한 마리가 동굴로 들어갔고, 그 소를 따라갔다가 갑자기 낯선 세계 즉 이 세계에 오게 되었다는 것이다.

아이들이 왔다는 곳은 발견되지 않았다. 다른 행성이나 상상 속 세계에서 왔다거나 지나가는 외계인이 실수로 지구에 떨어뜨렸다는 주장이 제기되었다. 많은 사람들은 이 아이들이 초기 동화 중 하나에서 탈출했다고 믿었다. 그 때만해도 이야기라는 것이 거의 쓰이지 않는 시절이었다. 이야기 속에 등장한 자신을 보고 놀란 나머지 책 속에서 도망쳤다는 것이다.

어쨌든 그 초록색 아이들은 부잣집에서 평생 일하는 아이로 살았다. 사람들과 어울리지 못 했으며 늘 얼굴이 시무룩했다. 자, 이게 바로 울핏의 초록 아이들 이야기야."

"그런 일이 실제로 있었다고요?"

올렉은 어안이 벙벙했다.

"그래, 사실이야. 증명된 이야기지. 그 시대 작가 두 명이 기록으로 남겼어. 코기셸에 살았던 랄프와 뉴버그의 윌리엄."

"그런 일이 어떻게 일어날 수 있죠?"

"어떻게 일어나냐고? 심지어 우주조차 아무것도 없던 것에서 생겨났는데 사람이라고 왜 안 되겠어? 세상은 가끔 우리가 생각하는 것만큼 예측 가능하지 않아. 믿기 힘든 일이 줄지어 일어나기도 하지."

할머니가 숨을 고른 후 다시 말을 이었다.

"물론 이런 일들은 대개 나타난 만큼이나 빠르게 사라져. 그렇지 않으면 사람들의 일상이 다 엉망진창이 되겠지. 왜 이런 일이 일어났는지 연구하는 종이 뭉치만 산처럼 쌓일 거야."

"그럼 어떻게 사라지는 거예요?"

올렉은 창이 시커먼 차가 떠올랐다.

"나도 거기까지는 몰라. 들리는 소리가 있긴 하지만, 무슨 말인지 정확히 이해하진 못 했어."

"할머니?"

"왜 그러냐?"

"만약 할머니가 어느 날 갑자기 나타난 사람을 만난다면 어떻게 하실 거예요?"

"최선을 다해 보살펴야지. 이제 자야할 시간 같구나."

올렉은 침대에 누워 할머니의 이야기를 곰곰이 생각했다. 요즘 일어나는 일들을 이미 아시는 것만 같았다. 어른들은 말하지 않아도 어떻게 알까? 몸에 생기는 수많은 덩어리 중에 뭐가 위험한지 어떻게 알까? 세탁기에서 무슨 버튼을 눌러야 하는지 어떻게 알까? 옷에 묻은 케첩을 지우는 법은 또 어떻게 알까? 사람이 왜 갑자기 나타나는 것인지 도대체 어떻게 아는 걸까?

다음날 아침, 엠마와 세바스찬은 엠마의 엄마가 돌아오기 전에 일찍 집을 나섰다. 엠마는 새로운 친구를 집에서 재워준 이유를 설명하고 싶지 않았다. 둘은 제대로 잠을 자지 못 했다. 신난 나머지 졸음이 싹 달아난 세바스찬이 밤새 집안을 돌아다니며 이 물건 저 물건을 정신없이 구경했기 때문이다.

세바스찬은 엠마가 수집한 화석과 수저 서랍에 든 숟가락, 십 년된 게임기를 보고 눈이 동그래졌다.

주방의 온갖 소스와 양념도 맛보았다.

거미와 나방과 이야기했다.

거실 한쪽에 쌓인 연예 잡지를 휙 넘겨보았다.

"이 여자 좀 봐. 굉장한 드레스야. 빛나는 거미줄로 지은 드레스 같아."

세바스찬은 입이 쩍 벌어졌다.

엠마가 세바스찬에게 남동생 핍을 소개했다. 세바스찬과 핍은 곧장 나란히 앉아 에펠탑 퍼즐을 맞추기 시작했다. 얼마 지나지 않아 핍은 스르르 눈이 감겼다. 엠마가 핍을 침대로 옮겨주었다.

그렇게 어쩌다보니 아침이 밝았다. 세바스찬은 해가 뜨자 더 쌩쌩해졌다. 엠마는 금방이라도 푹 쓰러질 것 같았다. 추위도 정신을 차리는 데 별 도움이 되지 않았다. 어디든 앉으면 꼼짝없이 눈이 감겼다. 미스터리한 경비 아저씨나 시커먼 차를 생각할 겨를도 없었다.

엠마는 학교 가는 길 내내 하품을 했다. 학교에는 아이들이 거의 없었다. 차 몇 대와 일찍 등교한 수영부 아이들이 다였다.

엠마와 세바스찬이 교실로 올라갔다. 교실에 들어선 둘은 깜짝 놀랐다.

선생님 책상 뒤로 머리 하나가 보였다. 클레이 선생님이 아니었다. 듬성듬성 나긴 했지만 대머리는 아니었던 것이다. 엠마와 세바스찬은 잠시 서서 기다렸다. 그때 머리가 자리에서 벌떡 일어섰다. 모어컴 선생님이었다. 아이들을 보자마자 지퍼도 채우지 않은 가방을 끌어안고 선생님 자리에서 튀어나왔다. 얼굴은 벌겋게 달아올라 있었다.

"뭐하시는 거예요?"

엠마가 물었다.

"뭐하냐고? 선생이 교실에서 뭘 하겠니?"

"선생님 교실이 아니잖아요."

"일일이 설명할 필요는 없을 것 같구나. 그것보다 너희가 먼저 설명을 해야 할 것 같은데? 너희는 지금 여기서 뭐하는 거냐?"

선생님이 엠마를 매서운 눈초리로 보았다.

"교실에 일찍 들어가도 된다고 허락 받았어요."

"이 아이는 누구지?"

"제 이름은 세바스찬 콜이에요. 이미 알고 계시겠지만."

세바스찬이 말했다.

"내가 널 어떻게 이미 알고 있다는 거냐?"

모어컴 선생님이 움찔했다.

세바스찬은 뭐라고 대답해야 할지 몰라 머뭇거렸다.

"아무튼 우리는 서로 못 본 걸로 하는 게 최선인 것 같구나."

모어컴 선생님이 아이들의 어깨를 두드렸다.

"그러기에는 제 기억력이 너무 좋은 걸요. 저는 일어나지 않은 일까지 기억하거든요. 언젠가 이빨이 칼날처럼 날카로운 상어에게 물린 기억이 있었죠. 알고 보니 그냥 토마토 수프를 옷에 다 묻히고 먹은 거였어요."

세바스찬이 방긋 웃었다.

"쉿."

엠마가 팔꿈치로 세바스찬을 쿡 찔렀다.

"그래, 콜. 친구의 말을 귀담아 듣는 게 좋겠어."

모어컴 선생님은 황급히 교실을 빠져나갔다.

엠마와 세바스찬이 선생님 책상으로 달려가 주변을 샅샅이 살폈지만 이상한 점은 발견하지 못 했다.

올렉의 등굣길도 예사롭지 않았다. 올렉은 조용한 골목길과 동네 아이들이 축구를 하는 잔디밭을 지나갔다. 늘 가던 길이었다.

꼭 뭉쳐진 눈이 신발 바닥에 들러붙었다.

하늘이 밤 사이 다 흘러가지 못 한 구름을 몰아내고 머리가 흔들릴 만큼 추운 날을 예고했다. 올렉은 학교에 가는 게 기대되지 않았지만 세바스찬이 누구인지는 알아내고 싶었다.

세바스찬을 만나면 콩을 좋아하는지, 피부가 초록색이었던 적이 있는지, 동굴에서 소를 몬 적 있는지 물어볼 참이었다. 경비 아저씨의 말이 머릿속에서 울렸다.

"있을 수 없는 사건 하나가 있을 수 없는 일들로 가득 찬 세상을 만든다는 거야."

앞으로 일어날 일을 예측할 수 없다면 세상은 훨씬 무시무시해질 지도 모른다. 학교 가는 길에 갑자기 머리 위에서 피아노가 떨어질 수도 있다. 손을 씻는데 수도꼭지에서 펄펄 끓는 용암이 튀어나올 수도 있다.

올렉은 눈 덮인 잔디밭에서 도서관을 향해 왼쪽 길로 들어섰다.

차 한 대가 눈에 들어왔다.

커다란 차가 거울처럼 주변을 다 반사해서 차인 지도 모를 뻔했다. 차는 눈이 수북이 쌓인 거리를 가만히 비췄다. 두껍고 까만 바퀴만이 차라는 걸 알려 주었다. 번호판도 전조등도 뒷문도 없었다.

올렉이 조심스럽게 길을 건넜다.

차에서 여전히 눈을 떼지 않은 채 살금살금 걸었다.

전날 보았던 그 시커먼 차는 아니었다. 배관공이나 도배업자의 차도 아닌 것 같았다. 마치 미래에서 온 차 같았다.

보통 올렉은 혼자 학교에 가고 싶어서 그 길로 다녔다. 그날 아침은 근처에 있는 집에서 누구라도 나와 주길 간절히 바랐다. 꼬부랑 할머니인 핍스 할머니와 외눈박이 흰 담비를 줄에 매고 다니는 카마이클 할아버지도 상관없었다.

모퉁이로 막 꺾으려던 올렉은 그만 쓰러지고 말았다.

눈을 떠보니 완전히 낯선 곳이었다.

크기로 봤을 때 자동차 안 같았다. 어떻게 차에 누워있게 되었는지 전혀 생각이 나지 않았다. 눈에 보이는 것은 천장의 네 모서리와 하얀 조명이었다. 조명이 너무 환해서 눈앞에서 자주색 별들이 춤을 췄다.

롤러코스터를 탄 것처럼 속이 울렁거렸다.

올렉에게 얼굴 하나가 가까이 다가왔다. 얼굴의 위쪽 반은 가면을 썼는데 코는 부리 모양으로 구부러지고 가장 자리는 깃털로 덮여 있었다.

마치 까마귀 같았다. 학교 가는 길에 주차된 차가 아니라 무도회가 어울릴 법한 가면이었다. 가면 뒤로 보이는 눈동자는 푸른색이었다.

까마귀가 올렉에게 말했다.

"이 아이 본 적 있지?"

까마귀는 흐릿한 세바스찬 사진을 올렉에게 들이댔다.

여자 목소리였다.

"아니요."

올렉은 심장이 벌렁거렸다. 그래도 사실대로 말할 수 없었다.

"이 아이를 언제 봤지?"

"본 적 없다고 했잖아요."

까마귀가 올렉에게 더 가까이 다가왔다. 코앞까지 다가오자 며칠이나 잠을 못 잔 것처럼 까마귀의 눈이 벌겋게 충혈된 것이 보였다.

"두 번은 안 묻는다."

올렉은 자리에서 일어나려고 낑낑댔지만 몸이 말을 안 들었다. 눈과 입만 움직일 수 있었다.

"저한테 무슨 짓을 한 거죠?"

올렉은 심장이 덜컥 내려앉았다.

"네 몸은 전혀 이상 없어. 잠시 협조만 해주면 돼. 이 아이가 학교에 도착한 게 언제지?"

"이 아이든 저 아이든 저는 몰라요."

"너는 이 아이 저 아이 많은 아이들을 알잖아."

"당신이 말하는 아이는 모른다고요."

"이 아이가 이곳에 뭘 타고 왔지?"

"버스요?"

"장난치지 마."

"전 정말 아무것도 몰라요."

올렉은 갑자기 눈물이 터졌다.

"상상으로 사람을 만들어 냈다는 보고를 이미 입수했어. 그 시점이 문제였지. 때마침 소행성 B612가 지나가던 순간이었거든. 세상은 곧 엉망이 되어버릴 거야."

올렉은 까마귀가 무슨 말을 하는지 알아들을 수 없었다. 까마귀의 부리가 올렉의 코에 닿았다. 표백제와 타버린 성냥 냄새가 났다.

"현실과 비현실 사이의 선이 흐려질 때 어떤 일이 벌어지는지 아니? 우리는 세계를 바로잡아야 해. 너희가 만든 아이는 아주 위험해. 내일까지 그 아이를 우리 손에 넣지 못 하면 힘을 쓸 수밖에 없어. 우린 그렇게 관대하지 않다는 걸 명심해."

"그 애는 잘못한 거 없어요."

올렉이 소리를 질렀다.

그러고는 눈이 스르르 감겼다.

다시 눈을 뜬 곳은 잔디밭 근처 도로에서 멀찌감치 떨어진 곳이었다.

심장이 갈비뼈를 뚫고 나가려는 듯 요동쳤다.

'괜찮아, 아무 일도 없었어.'

올렉이 혼잣말을 했다.

'아무 일도 없었어. 아무 일도 일어나지 않았어.'

올렉은 학교까지 뒤도 안 돌아보고 달렸다. 교실에는 엠마와 세바스찬 달랑 둘뿐이었다. 둘은 구석 자리에서 빙고를 하고 있었다.

올렉의 얼굴을 본 엠마와 세바스찬은 눈이 휘둥그레졌다.

"무슨 일 있었어?"

엠마가 물었다.

"경비 아저씨 말이 맞아. 세바스찬이 쫓기고 있어."

올렉은 거울 차와 까마귀와 마비된 듯 움직이지 않았던 몸에 대해 죄다 털어놓았다. 엠마와 세바스찬의 손이 떨렸다. 세 아이들은 학교는 안전할 거라고 믿었다. 까마귀 가면을 쓴 여자가 복도에서 날뛰며 학생을 잡아가도록 선생님이 내버려둘 리 없었다.

16

학교는 평소와 다르지 않았다. 올렉은 문득문득 가슴이 터질 것 같았다.

내 옆에 있는 이 아이는 우주선에서 불시착했어! 나는 세상에서 제일 번쩍거리는 차에 납치당했고! 염소가 학교에서 돌아다니질 않나! 까마귀 가면을 쓴 사람이 있질 않나! 경비 아저씨는 도무지 몇 살인지도 모르겠어! 가방에서 아이스크림이 나온 건 또 어떻고!

엠마는 침착했다. 눈사람보다 이상할 것도 없었다. 사실 따지고 보면 눈사람과 세바스찬이 무지개와 범고래와 입을 벌려 곤충을 잡아먹는 식물보다 꼭 이상하다고 볼 수 없었다.

엠마는 콘월 지방을 여행할 때 유령을 본 적 있었다. 또래 여자 아이 유령이었는데 삼백 년 전에 우물에 빠졌다고 했다. 유령은 끔찍한 몰골로 울부짖거나 앓는 소리나 쇠사슬이 철컥거리는 소리를 내지 않았다. 눈동자 자리에 구멍이 뚫린 종이 가면 같은 얼굴도 아니었다.

"이곳 말고 다른 세계가 또 있니?"

엠마가 유령에게 물었다.

"그럼, 그것도 아주 많아."

그날 이후 엠마는 어지간한 일에는 놀라지 않았다.

유령이 실제로 있다면 세상에는 거의 모든 것이 다 있을 수 있다고 생각했다.

★

반 아이들은 선생님이 공부의 '공'자도 꺼내지 못 하도록 질문을 퍼부었다.

"선생님, 세상에서 발이 가장 큰 사람은 몇 mm쯤 될까요?

첫 번째 주자는 스콧이었다.

"선생님, 네부카드네자르가 뭐예요?"

캘리도 가만있지 않았다.

"이론적으로 몽구스 사냥법을 어떻게 설명할 수 있나요?"

"그만. 연습문제 내줬잖아. 진정하고 문제나 풀기 바란다."

선생님은 눈 하나 깜빡하지 않았다.

하지만 삼 분 후 다시 질문 공세가 이어졌다.

"중세 시대 사람들은 손톱을 어떻게 깎았을까요?"

"구름도 여왕님 소유인가요?"

"말 한 마리에 얼마쯤 하죠?"

"그만!"

선생님이 인상을 쓰며 손을 번쩍 들었다. 그때 교장선생님이 문을 벌컥 열고 교실에 들어왔다. 교장선생님은 광이 나는 최신 유행 스타일의 옷을 입고 있었다. 머리는 꽉 끼는 헬멧에 눌려 번들거렸다.

교장선생님이 교실 앞으로 성큼성큼 걸어오더니 선생님 책상에 파란색 출석부를 쾅 내리쳤다. 자리에 앉아 있던 클레이 선생님은 깜짝 놀라 의자에서 벌떡 일어섰다.

"이게 뭔지 알죠?"

교장선생님의 질문에 클레이 선생님은 입을 꾹 다물었다.

"출석부잖아요!"

교장선생님이 앙상한 손가락으로 출석부를 쿡 찔렀다.

"오늘이 사흘째입니다. 선생님이 출석부를 내팽개쳐둔 것이요! 출석 확인 하시라고 말씀드리고 또 드렸잖아요. 더 이상은 저도 그만하겠습니다."

클레이 선생님은 가만히 서서 꼼짝도 하지 않았다. 교장 선생님의 설교가 이어졌다.

"만약 학교에서 불이 났다고 생각해보세요. 아파서 결석한 아이가 표시가 되어 있지 않으면 그 아이를 구하러 누군가 불길에 뛰어들 수도 있어요. 누가 출석을 했고 누가 결석을 했는지 출석부에 기록하지 않으면 어떻게 알겠어요?"

"저는… 저는….'

클레이 선생님의 아랫입술이 떨렸다.

"규칙을 지키지 않으면 아이들을 포함해 우리 모두의 생명을 위험에 빠뜨릴 수 있다고요. 아시겠어요?"

"네, 알겠습니다."

"마지막 경고예요. 출석 기록을 한번만 더 하지 않으면 당장 짐을 싸셔야 할 겁니다. 출석부 기록조차 하지 않아 학생들을 위험에 빠뜨릴 수 있는 선생은 선생 자격이 없어요."

교장선생님이 문을 쾅 닫고 나갔다. 교실은 꽁꽁 얼어붙었다.

클레이 선생님 어깨가 축 처졌다. 반 아이들도 덩달아 풀이 죽었다. 선생님은 자리에 앉아서 손으로 머리를 감싼 채 빈 커피잔을 서글픈 표정으로 바라보았다.

"선생님, 도대체 왜 출석을 안 부르신 거예요?"

스콧이 물었다.

"일부러 그런 게 아냐. 실은 출석부가 사라졌어. 구석구석 다 찾아봤지만 보이지 않았어."

"선생님, 괜찮아요. 다음 시간에는 제가 출석 부르시라고 꼭 이야기할게요."

오라가 말했다.

"고맙구나, 오라."

선생님이 고개를 들고 희미하게 웃었다.

올렉과 엠마, 세바스찬은 쉬는 시간이 되자마자 길에 거울 차가 있는지 살펴보려고 학교 옥상으로 올라갔다.

"집에 걸어가긴 틀렸어. 나를 또 납치하려고 기다리는 차들이 더 있을

지도 몰라. 만약 세바스찬이 진짜로 잡혀간다면 우리가 세바스찬을 구할 수 있을까? 우리가 알지 못 하는 곳으로 데려가면 어떡해?"

올렉은 거울 차 말고 다른 차들이 더 숨어 있을까봐 겁이 났다.

까마귀 가면이 눈앞에 생생했다. 어디로 가서 도움을 구해야 할지 막막했다. 집에 갈 수 없으니 할머니에게 말할 수도 없었다. 경비 아저씨는 아이들을 반기지 않을 게 뻔했다.

"지금으로서는 학교에서 밤을 보내는 게 제일 나을 것 같아. 발전기 뒤쪽은 공기가 따뜻해서 얼어 죽진 않을 거야."

엠마가 말했다.

세 사람은 서로의 얼굴을 보았다.

그러고는 결의에 찬 표정으로 고개를 끄덕였다.

엠마가 엄마에게 전화를 걸어 올렉의 집에서 자고 가겠다고 했다. 올렉은 아빠의 휴대전화에 음성 메시지로 엠마 집에서 자고 가겠다고 했다. 아이들은 두 어른들이 언제나 그랬듯 미처 사실을 확인할 시간이 없기만을 바랄 뿐이었다.

17

학교에서 하루를 보내는 것은 생각보다 힘들지 않았다. 수업을 모두 마친 후 아이들은 옥상에서 선생님들의 차가 한 대씩 학교를 빠져나가는 것을 지켜보았다.

학교에 셋만 남았다고 확신한 후에야 한숨을 돌렸다. 아이들은 코앞에 닥친 문제를 잠시라도 잊으려고 수다를 떨었다.

세바스찬은 학교가 궁금했다. 학교에서 얻는 건 무엇인지, 얼마나 다녔는지, 언제까지 다닐 수 있는지, 로봇에 대해 배웠는지, 고래는? 이빨은?

"오늘은 수업 시간에 뭘 한 거야?"

세바스찬이 물었다.

"영국 왕이었던 헨리 8세에 대한 글을 썼어. 쿰쿰한 치즈 냄새를 풍기는 한 녀석은 올 시즌 새로 나온 축구화에 대해 썼지만."

엠마가 말했다.

"그 애는 크리스마스 소원을 쓰는 거야. 크리스마스에 받고 싶은 것 말이야. 그럼 부모님이 그걸 선물로 주시지."

올렉이 덧붙였다.

"넌 왜 쓰지 않았어? 받고 싶은 게 하나도 없어?"

세바스찬이 올렉을 보았다.

올렉은 세바스찬의 말에 아무 대꾸도 하지 않았다. 지난 두 해 동안 크리스마스 소원을 쓰지 않은 건 사실이었다. 엠마도 마찬가지였다. 둘은 그 이야기를 하고 싶지 않았다.

엠마와 올렉은 세바스찬의 학교가 궁금했다. 하지만 세바스찬은 생각나는 게 거의 없었다.

"점토 냄새가 났던 건 기억 나."

세바스찬의 말에 올렉과 엠마도 학교에서는 늘 점토 냄새가 난다고 맞장구쳤다. 할 말이 없어질 때면 동물 이름 말하기나 끝말잇기를 했다.

파랗던 하늘이 서서히 오렌지 빛으로 물들더니 이내 붉어졌다.

엠마와 올렉은 모자를 썼고 세바스찬의 목도리로 셋이 나란히 무릎을 덮었다.

"나는 어디서 살아야 할까? 너희들 집에 계속 얹혀 살 순 없잖아. 우주선을 손봐야 하는데 사실 그건 허리케인을 상대하는 거나 다름없거든. 난 여기가 좋아. 내가 이곳을 싫어할 거라고 생각하지 마. 비록 어떤 사람들은 날 쫓아내지 못 해 안달인 것 같지만."

세바스찬의 목소리가 가라앉았다.

"숲에서 사는 사람들도 있대. 나무집을 지으면 어때? 키가 큰 나무에 미끄럼틀과 그네를 달고 체스를 둘 줄 아는 원숭이도 기르고.”

엠마가 웃으며 말했다.

“그래, 네가 부르면 언제든지 달려갈게. 어른이 되면 같이 살 수도 있을 거야. 일은 집에서 컴퓨터로 하면서.”

올렉도 소리없이 미소지었다.

“주변 나무에 나무집을 지어서 여러 채를 만들 수도 있을 거야.”

“두꺼운 밧줄로 모든 집을 잇는 다리도 놓을 수 있겠지.”

“나무 위의 도시처럼.”

“멋져! 정말 그렇게 하고 싶어. 그리고 난 이 학교에 매일 올 거야. 그 대머리 아저씨 이야기를 듣고 싶어.”

세바스찬의 얼굴에 다시 생기가 돌았다.

“그런데 우리는 올해 학교를 떠나.”

올렉이 한숨을 쉬었다.

“정말? 어디로 가?”

올렉이 엠마를 보자 엠마가 고개를 돌렸다.

“아직은 몰라.”

둘은 동시에 대답했다.

올렉이 하품을 했다. 엠마가 덩달아 하품을 했다. 세바스찬도 따라서 하품을 했다.

세바스찬은 가방을 열어 길고 가는 막대기를 조심스럽게 꺼냈다. 세바스찬이 올렉에게 막대기를 건넸다.

“이게 뭐야?”

올렉은 막대기를 공중에 살랑살랑 흔들었다.

"그게 뭐든 잘 잡아. 그러다 눈 찌르겠어."

엠마가 얼굴을 찡그렸다.

세바스찬은 막대기를 하나 더 꺼내 엠마에게 주었다. 그리고 믿을 수 없을 정도로 커다란 파란색 천을 끄집어냈다.

"3인용 방수 텐트야. 오늘 밤엔 여기서 자자."

아이들은 함께 텐트를 세웠다. 설명서에 적힌 것보다 시간이 더 오래 걸렸다. 설명서가 웨일어로 적혀 있었으니 그럴 만도 했다.

"나도 그런 가방 하나 있었으면 좋겠어."

텐트를 다 세웠을 때 엠마가 말했다.

"나도."

올렉이 맞장구쳤다.

아이들은 텐트 안으로 우르르 몰려가 세바스찬의 가방이 만든 음식을 먹었다. 치킨 너겟과 감자튀김, 버터 토스트, 치즈 햄버거, 만두 튀김, 시금치 파이까지.

"너무 많이 먹었어. 배가 터질 것 같아."

올렉이 배를 두드렸다.

하지만 아이스크림과 코코아는 먹을 수 있었다. 뱃속에 이 두 가지 디저트가 들어갈 공간이 따로 마련되어 있다는 것은 누구나 아는 사실이었다. 배를 든든히 채운 후 신나게 놀던 아이들은 몸이 점점 무거워지면서 눈이 감겼다.

세 아이들이 학교 옥상에서 서서히 잠드는 동안…

엠마의 엄마는 심야 카페에서 커피를 만들었다.

올리버는 반짝반짝한 포크와 숟가락 꿈을 꿨다.

핍은 책을 펴놓은 채 곯아떨어졌다.

올렉의 아빠는 소파 위에서 집이 떠나가라 코를 골았다.

그리고 할머니는 다락방에 앉아 기막힌 모험 이야기를 타닥타닥 쓰기 시작했다.

그날 밤, 엠마를 깨운 것은 추위가 아니라 뽀드득 소리였다.

엠마가 텐트를 열고 나왔다. 차가운 바람이 얼굴을 때렸다.

엠마는 난간에서 주차장 쪽을 내려다보았다.

숨이 턱 막혔다.

눈사람이었다. 나뭇가지 팔을 휘저으며 뱅뱅 돌고 있었다. 은은하게 비치는 달빛 사이로 눈이 펑펑 쏟아졌다.

'내가 잘못 본 게 아니었어. 이번에는 놓치지 않을 거야.'

엠마는 모자를 쓰고 신발을 신었다.

학교는 이층짜리 낮은 건물이었다. 배관을 잡고 조심스럽게 내려가 눈사람에게 다가갔다. 눈사람은 알아차리지 못 했다. 계속해서 뽀드득 소리를 내며 뒤뚱뒤뚱 돌기만 했다. 마치 짜증이 난 아이처럼 투덜거렸다.

엠마는 곧 왜 눈사람이 엠마를 보지 못 했는지 깨달았다. 눈사람은 눈이 없었다.

"안녕, 내 목소리 들리니?"

엠마가 심장이 튀어나오려는 걸 간신히 참았다.

눈사람이 그 자리에 섰다.

"누가 말했어?"

눈사람이 물었다.

"내가."

엠마가 한 걸음 더 다가갔다.

눈사람의 당근 코가 씰룩거렸다.

"'내가'는 눈이 있니?"

엠마는 눈사람의 말을 알아듣지 못하다 잠시 후에야 웃음을 터뜨렸다.

"응, 난 눈이 있어. 그것도 두 개나."

"자랑할 거 없어. 그럼 눈 두 개로 내 눈 찾는 것 좀 도와줄래? 눈이 떨어졌는데 다른 친구들이 먼저 가버렸어."

"물론이지."

엠마가 눈 위에 풀썩 무릎을 꿇었다. 손바닥으로 단번에 찬 기운이 스며들었다. 손이 얼어붙을 것 같았지만 참았다. 눈사람을 돕고 싶었다. 그리고 눈사람에게 지금 일어나는 일에 대해 물어야 했다.

친구가 떠난 후 남겨진 기분도 잘 알았다. 솔직히 말하자면 세라가 떠나서만이 아니라 세라가 가는 곳이 너무 멋져서 서글프기도 했지만.

세라가 이사 가기 전에 새로운 집 사진을 학교에 가져온 적 있었다. 태초부터 그 자리에 있어온 것 같은 상수리나무로 둘러싸인 온실과 개인 도서관과 나무집 사진이었다. 집은 숲과 개울과 한때 성의 일부였을지도 모를 웅장한 돌로 둘러싸여 있었다.

마치 옛 이야기에서 어린이들이 신비로운 생명체와 함께 마법의 모험을 시작할 때 나오는 집 같았다. 심지어 정원에도 보물이 숨겨져 있을 것 같았다.

엠마가 집 정원에서 찾은 것은 누군가 울타리 너머로 던져버린 먹다 남은 케밥이 다였다. 세라가 떠난 후 올렉과 엠마는 낡은 학교와 오래되어 푹푹 패인 길과 몇 안 되는 썰렁한 가게가 있는 동네에 그대로 남겨졌다. 한 동안 엠마는 집이 곱게 보이지 않았다. 두 집 사이에 끼인 작고 갑갑한 집, 정원에는 네모난 콘크리트 창고 그것도 허름한 창고만 하나 덜렁 있었다. 엠마는 마음이 무거웠다. 엄마가 가족을 돌보기 위해 얼마나 고되게 일하는지 잘 알았다. 하지만 조금만 더 좋은 집이었으면 하는 바람이 사그라들지 않았다.

한참 눈밭을 더듬던 엠마가 자기도 모르게 쥐어진 조약돌을 보고 소리를 질렀다.

빳빳한 봉투와 고무줄, 비닐 봉투, 클립 세 개 다음으로 발견한 완벽하게 둥글고 검은 조약돌 두 개였다.

"이게 네 눈이니?"

엠마가 눈사람에게 다가가 나뭇가지에 조약돌을 쥐어주었다.

"그런 것 같아. 하나는 너 가져. 그게 공평해. 네가 찾았잖아."

눈사람이 조약돌 하나를 내밀었다.

엠마가 씩 웃었다.

"아니, 그럴 것 없어. 이건 네 눈이잖아."

"눈이 꼭 두 개여야 하는 건 아냐. 난 하나로도 충분해."

눈사람이 조약돌 하나를 얼굴 중앙에 콕 박았다.

엠마는 눈사람이 무안할까봐 더 이상 거절하지 않았다.

"뭐 하나 물어봐도 될까?"

엠마가 조심스럽게 말했다.

"물론이지. 하지만 서둘러주면 좋겠어."

"넌 어떻게 생명을 갖게 된 거야? 크리스마스라서?"

"크리스마스가 뭐야?"

눈사람이 물었다.

"정말 몰라?"

눈사람은 처음 들어본다는 듯 어깨를 으쓱했다.

"크리스마스는…."

엠마가 잠시 생각에 잠겼다. 엠마에게 크리스마스는 칠면조 샌드위치
와 우스갯소리 쪽지가 든 크래커 먹는 날, 소원이 이뤄지는 날, 옛날 만
화영화 보는 날, 전날 최대한 일찍 잠드는 날이었다. 언젠가부터 소원이
이뤄지는 날과는 거리가 멀어졌지만.

"크리스마스는 아기 예수가 태어난 날이야. 양치는 목자들이 아기 예
수에게 선물을 드렸지. 그래서 부모들도 아이들에게 선물을 줘."

"아기 예수가 누구야?"

눈사람이 고개를 갸웃거렸다.

엠마가 한숨을 쉬었다.

"아, 걱정 마. 나도 모르는 게 많아."

엠마의 말에 눈사람이 얼굴을 찌푸렸다.

"아니, 나는 아는 게 많아. 예를 들면 네가 여기서 가만히 기다려선 안 된다는 것. 안 되지, 안 돼, 안 돼. 가만히 있다간 끔찍한 곳으로 끌려가게 될 거야."

"끔찍한 곳?"

"말로 설명할 순 없어. 네가 직접 겪어야 알 수 있어. 하지만 내가 너라면 떠날 거야. 그리고 나도 이제 가야 해. 친구들을 따라가려면 서둘러야 해. 우리는 가만히 앉아서 잡히길 기다릴 만큼 어리석지 않거든."

"눈사람 친구들?"

"참고로 우리는 여자 눈사람이야. 설마 눈치 못 챈 건 아니지?"

눈사람이 '훗' 하고 웃었다.

엠마는 얼굴이 붉어졌다. 눈사람이 통통거리며 조금씩 멀어졌다.

"잠깐만!"

엠마가 소리쳤다. 끔찍한 곳에 대해 더 물어봐야 했다. 하지만 눈사람은 뒤돌아보지 않았다.

엠마는 배관을 타고 다시 옥상으로 올라왔다. 머리에 묻은 눈을 털어 내고 텐트로 들어가 올렉과 세바스찬 사이에 누웠다.

주머니에서 눈사람의 돌멩이 눈이 만져졌다. 엄마가 보고 싶었다. 엠마가 엄마의 눈을 하나 갖고, 엄마가 엠마의 눈을 하나 가지면 어떨까. 그럼 엄마와 엠마는 외롭지 않을 것이다. 아름답거나 재미있거나 오싹

한 것을 볼 때 다른 한 사람도 똑같이 볼 테니까. 심지어 엄마가 일터에서 꼼짝달싹 못 할 때도 엠마에게 일어나는 이 이상한 일들을 볼 수 있을 테니까.

엠마는 엄마가 일하는 카페가 싫었다. 거대한 빨판으로 힘을 빨아들이는 소름끼치는 괴물 같았다. 일터에서 힘을 다 뺏긴 엄마는 집에 오면 유니폼을 입은 채 소파에 쓰러져 잠들기 일쑤였다. 엠마는 일 같은 것은 하지 않겠다고 다짐했다. 세계를 여행하면서 모험담으로 아름답고 두꺼운 책을 쓰고 싶었다. 그 책은 분명 아이들이 이불 속에서 손전등을 켜고 읽게 될 것이다.

19

"여기 어디야!"

"쉿, 진정해."

"누구야?"

"엠마잖아, 으이그."

"너 말고, 저쪽에 누가 있어."

"세바스찬."

"도대체 이게 무슨 일이야?"

"무슨 일은 무슨, 아무 일도 없어. 진정해."

"너무 추워. 여기 어디야?"

"학교 옥상이잖아."

"뭐?"

"여긴 텐트고."

"아, 이제 기억난다. 꿈인지 알았어."

"꿈 깨."

올렉과 엠마가 침낭에서 기어 나와 앉았다.

텐트 안은 공기가 싸늘했다. 둘은 아침 해를 맞으러 텐트 밖으로 나갔다.

"우리가 진짜로 학교에서 잤어."

올렉이 믿기지 않는다는 듯이 주위를 둘러보았다.

"아니, 학교 위에서 잤지."

엠마가 말했다.

둘은 하품을 하고 눈곱을 뗀 다음 달달거리는 발전기에 등을 대고 나란히 앉았다.

마을은 이미 잠에서 깨어났다. 우체부가 편지를 우편함에 넣고 신문배달부가 신문을 마당에 던졌다. 버스와 자동차가 아이들을 싣고 내렸다. 젊은 여자들은 유모차를 밀고 개가 그 뒤를 따랐다.

아침이 환하게 밝아오자 올렉은 현실 세계로 돌아온 느낌이었다. 수상한 차와 까마귀가 없는, 느닷없이 나타나는 염소와 골판지 우주선도 없는 원래의 일상. 오래 전 어떤 밤이 떠올랐다. 꿈에 온갖 괴물이 방에 나타났다. 벽에서는 징그러운 괴물이 침을 질질 흘리며 웃었고 이빨이 많은 괴물은 카펫을 따라 슬금슬금 기었다.

올렉은 참으려고 애썼지만 결국 비명을 지르고 말았다. 아빠가 급히 올렉의 방으로 달려왔다. 아빠가 불을 키자 괴물이 모두 사라졌다.

"무서운 꿈을 꿨니? 아빠도 어렸을 때 자주 그랬어."

아빠가 침대에 올라 올렉 옆에 누웠다. 올렉은 아빠와 함께 잠들었다.

아빠가 달려와 다정하게 말해준다면 악몽도 꿀 만했다.

올렉은 이내 고개를 젓고는 눈 내리는 아침 공기를 들이마셨다.

"올렉, 넌 눈사람을 믿니?"

"무슨 말이야?"

"걷거나 말하는 눈사람이 있을 수 있을까?"

"아니."

"골판지 우주선을 타고 나타난 아이도 있잖아."

"세바스찬에게는 분명 사정이 있을 거야. 머리를 부딪치고 길을 잃었다든가. 어쩌면 병원에서 세바스찬을 찾고 있을지도 모르지."

"그럼 세바스찬의 가방은?"

"보기보다 가방이 깊어서 음식을 원래 잔뜩 넣고 다닌 걸지도 몰라."

"널 잡아갔던 까마귀 가면은?"

"음, 어쩌면 실제로 일어나지 않은 일일지도. 내가 꿈을 꿨거나 텔레비전에서 본 일을 착각했을지도 모르지."

"넌 겁을 잔뜩 먹었어."

"난 늘 겁을 먹어."

"좋아. 그럼 마지막으로 우리가 상상한 것과 똑같은 이름과 기억을 가진 아이가 아지트에 나타난 건?"

"경비 아저씨가 믿을 수 없는 일 하나가 더 많은 믿을 수 없는 일을 불러일으킨다고 했지. 그게 꼭 불가능한 일이 벌어진다는 의미는 아냐."

올렉이 어깨를 으쓱했다.

"새벽에 눈사람을 봤어."

엠마가 팔짱을 끼며 말했다.

"눈사람은 나도 봤어. 캘리 집 앞에서. 캘리는 집에 당근이 없어서 젓가락으로 눈사람 코를 만들었다고 했지."

"아니, 말을 하고 걷고 친구들도 있는 눈사람. 눈사람이 나에게 자기 눈을 줬어. 그러면서 우리가 빨리 이곳을 떠나야 한다고 했어. 그렇지 않으면 끔찍한 곳으로 잡혀 간대."

"말도 안 돼."

올렉이 고개를 저었다.

"진짜야."

"그 말을 믿으라고?"

"진짜라니까."

"못 믿겠어."

"그럼 보여줄게."

엠마가 검은 조약돌을 내밀었다.

"여기. 눈사람 눈."

"그냥 돌이잖아."

올렉이 무덤덤하게 말했다.

"돌멩이지만 눈이야."

엠마가 쏘아붙였다.

"친구들, 좋은 아침!"

세바스찬이 활짝 웃으며 텐트에서 엉거주춤 나왔다. 햇살 아래 기지개를 켜고는 엠마와 올렉 사이에 엉덩이를 씰룩 들이밀었다.

"잘 잤어? 재밌는 꿈 꿨니? 난 돈 대신 비스킷을 사용하는 나라를 다스리는 꿈을 꿨어. 비스킷을 먹지 마십시오! 그건 돈입니다! 계속 말했지만 사람들은 비스킷을 전부 먹어치웠지."

세바스찬은 엠마와 올렉이 입을 꾹 다문 것을 눈치채지 못 했다. 둘은 부루퉁하게 손만 만지작거렸다. 올렉은 아무데도 가고 싶지 않았다. 어쩌면 오래 전 어느 날처럼 아빠가 잠에서 깨어나 기다리고 있을지도 모를 일이었다. 엠마의 이야기를 들으니 머리가 아팠다. 뱃속에서는 햄스터들이 마구 뛰어노는 것 같았다.

"우리 이제 뭐할까? 배를 타러 가는 건 어때?"

세바스찬이 올렉과 엠마 사이를 보며 물었다. 둘은 여전히 눈도 안 마주쳤다.

"그럼 선장 되고 싶은 사람?"

세바스찬이 혼자 손을 번쩍 들었다가 이내 멋쩍어하며 내렸다.

"수업을 들으러 가야 해. 곧 시험이 있거든."

올렉이 입을 열었다.

"시험?"

"응. 머리에 든 게 얼마나 많은지 알아보는 거지."

"그걸 어떻게 알아봐?"

"음, 그러니까… 수학이랑 영어로?"

"연어 잡기 이런 거 말고?"

올렉은 뭐라고 대답해야 할지 난감했다.

"연어 잡는 데 머리에 든 게 많을 필요까진 없을 거야."

"그래. 수학을 잘 하면 똑똑하고 연어를 잘 잡으면 그냥 연어를 잘 잡는 거겠지."

세바스찬이 엠마의 말에 눈썹을 삐죽 들어올렸다.

"연어를 잘 잡는 솜씨를 타고나는 사람도 있으니 그다지 공평한 것 같지는 않지만."

세바스찬이 덧붙였다.

"모든 일이 그렇지 뭐."

엠마가 투덜거렸다.

"아무튼 너희가 이 학교를 영원히 다니는 건 아니라는 거지?"

"그래, 우린 9월에 중학교에 가. 그땐 다시 새내기가 되는 거야. 막내."

올렉이 말했다.

"선배라는 사람들은 바지를 뒤에서 잡아당기거나 제일 아끼는 펜을 훔쳐가겠지."

엠마가 푸념했다.

"경호원들이 지켜주지 않을까?"

"무슨 경호원?"

"그 왜 머그잔 들고 다니는 사람들."

"선생님? 경호원이 아니라 선생님이야."

"어쨌든 난 그 사람들이 좋아."

세바스찬이 활짝 웃었다.

"넌 싫어하는 게 없잖아."

올렉이 말했다.

"어떤 선생님들은 좋은데 어떤 선생님들은 소리 지르려고 선생님이 된 것 같아. 우리가 투명인간이 되길 바라지 않는 선생님은 사서 선생님 뿐이야. 사서 선생님은 비스킷도 주시고 우리가 부탁하면 독일에서 책도 주문해 주실 거야."

엠마가 코를 찡긋했다.

"너희는 같은 학교로 옮기니? 머리에 든 것 알아보는 시험을 보고 나서 말이야."

세바스찬의 질문에 올렉도 엠마도 입을 꾹 다물었다. 거미만큼 피해 왔던 문제였다. 사실 둘도 알 수 없었다.

엠마의 엄마는 엠마가 여자 중학교인 세인트메리중학교에 입학하길 바랐다. 엠마가 그 학교에 입학한다면 둘은 확실히 헤어지는 것이다. 아는 사람 하나 없는 학교에서 모든 것을 새롭게 시작해야 한다는 생각은 둘의 마음을 괴롭게 했다.

종이 울렸다.

"이제 진짜 수업 들으러 가야 해."

올렉이 자리에서 일어섰다.

"안 돼! 우린 지금 당장 떠나야 해. 까마귀들이 세바스찬을 잡아가기 전에."

엠마가 목소리를 높였다.

"학교는 안전해. 지금 교실로 가지 않으면 문제가 더 복잡해질 거야."

올렉은 까마귀 부대가 학교에 쳐들어오지 못 할 거라 믿었다.

"그걸 어떻게 알아? 최대한 빨리 도망치는 게 최선이야."

"엠마, 넌 항상 내가 걱정이 많다고 했지. 지금은 네가 진정해야 할 것 같은데."

"아니, 지금은 걱정해야 할 때야!"

"이러다 진짜 수업 늦겠어. 선생님이 집으로 전화하실 거야."

마법 가방을 멘 혼란스러운 얼굴의 소년은 머리를 긁적이며 올렉과 엠마 사이를 바라보았다. 그러고는 올렉을 따라 옥상 입구로 향했다. 엠마는 손을 구부려 이마를 긁적이다 아이들 뒤를 따랐다.

클레이 선생님은 전날보다 한결 기분이 좋아 보였다. 아이들의 답안지를 가슴에 안고 콧노래를 불렀다. 하지만 책상 위를 한번 훑어보더니 표정이 어두워졌다.

"출석부가 또 사라졌어. 어제 낮에 분명히 새 출석부를 가져다 놓았는데. 혹시 출석부 본 사람?"

아이들은 모두 고개를 저었다.

선생님이 한숨을 쉬었다.

"너희들 시험지는 잘 보았어. 놀라운 결과도 있고 미안하지만 좀 실망스러운 결과도 있었어. 지금부터 채점한 시험지를 나눠줄게. 그러고 나서 새 출석부를 가져오마. 약속대로 가장 답안을 잘 쓴 학생에게 특별 질문권을 줄 거야. 어떤 질문이든 좋아. 최선을 다해 솔직하게 대답할게."

선생님은 교실을 한 바퀴 돌며 아이들에게 시험지를 나눠주었다.

첫 타자는 프리얀카.

"잘 했다, 프리얀카."

다음은 커스티였다.

"조금 더 노력해보자, 커스티."

이번엔 샘슨.

"술 취한 침팬지에게 네 대신 시험보라고 부탁했니, 샘슨?"

세바스찬은 맨 마지막에 시험지를 받았다.

"여기 있다, 세바스찬. 완전히 감동했어. 모든 문제를 다 맞혔다. 다소 독특한 답도 있었지만 너만의 사고방식을 존중하마."

세바스찬이 활짝 웃었다.

평소 같으면 엠마와 올렉은 둘이 마음대로 써낸 세바스찬의 시험지가 어떻게 만점을 받았는지 놀라 호들갑을 떨었을 것이다. 지금은 눈도 안 마주진 채 애꿎은 손만 꼼지락거렸다.

"네 말이 맞아, 세바스찬. 페스트 당시에는 사망자를 일일이 기록하지도 않았고 '출석부' 같은 명부도 없었지. 어떤 역사가들은 인구의 삼분의 일이 죽었다고 하고, 또 어떤 역사가들은 반이 죽었다고 하고, 또 다른 누군가는 십분의 일에 지나지 않는다고 주장하지. 우린 결코 정확한 사망자 수를 알 수 없을 거야."

세바스찬이 눈을 반짝이며 고개를 끄덕였다.

"중세 시대 사망의 주요 원인이 출생이라는 네 말도 맞다고 인정하마. 그 시대에는 어린이의 약 삼분의 일이 다섯 살이 채 되기 전에 세상을 떠났으니까.

무덤을 지키는 일은 좀비가 나타날 경우를 대비해서 생겨난 일이라는 네 생각도 맞다고 하자. 비록 여기서 좀비는 시체가 되살아난 좀비라기보다 죽지 않은 채 땅에 묻힌 사람이라고 봐야 할 거야. 당시만 해도 의학이 발달하지 않아서 사람이 진짜 죽은 건지 아닌지 잘못 판단을 내리는 경우가 많았거든. 툭 건드려서 움직이지 않으면 바로 땅에 묻어버렸지.

의사들의 치료라는 것은 대부분 병을 낫게 하기보다 고통을 줄이려는 시도에 그쳤어. 물론 고통을 더 심하게 만든 경우도 있었지. 두개골에 구멍을 뚫는다거나 눈동자에 거머리를 붙이고 짐승의 똥을 강제로 먹이기도 했지."

아이들이 앓는 소리를 냈다.

"중세 시대에 의사를 찾는 것은 사는 게 아니라 죽는 길이기도 했어. 중세 기사가 무엇이냐는 질문에 대한 답도 훌륭했다. 네 말대로 기사는 땅을 소유한 채 신과 왕을 위해 싸우는 말을 탄 병사지. 잘 했어, 세바스찬. 최고 점수를 받았으니 나에게 질문을 한 가지 할 수 있게 해 주마."

선생님이 미소를 지었다.

올렉과 엠마를 뺀 나머지 아이들은 기대가 가득한 눈으로 세바스찬을 보았다.

세바스찬이 이 기회를 어떻게 쓸까? 어떤 난감하고 개인적이면서 시시하지 않은 질문을 던질까?

"선생님?"

세바스찬이 입을 열었다.

"선생님의 어린 시절은 어땠어요?"

선생님이 자리에 앉았다.

안경을 벗고 이마 사이에 세 갈래로 깊게 패인 주름살을 어루만졌다.

"너희들은 잘 모르겠지. 어린 시절을 생각하면 고향 같은 느낌이 들어. 나이가 들수록 집을 떠나 헤매는 것 같지. 너희들은 항상 지금 이 시절을 그리워하게 될 거야. 지금은 힘들어도."

"선생님, 제 질문은 그런 뜻이 아니었어요."

세바스찬이 손을 들었다.

"그래, 안다. 하지만 학교 다니던 시절의 이야기를 솔직하게 말하면 너희들이 다시는 날 안 보려고 할까봐 두렵구나."

"그런 일은 없을 거예요."

임런이 말했다.

"어차피 선생님이 또 바뀔 수도 없잖아요."

스콧이 종이로 만든 공을 천장으로 던졌다.

"그래, 그럼 들려주마. 대신 그 공 선생님한테 던지면 안 된다."

클레이 선생님이 자리에서 일어났다가 다시 의자 깊숙이 앉았다. 선생님은 긴장한 게 틀림없었다. 손수건으로 눈썹에 맺힌 땀을 닦은 후, 이야기를 시작했다.

"난 인기 있는 아이와는 거리가 멀었어. 내 목소리가 귀에 거슬린다며 반 친구들이 싫어했거든. 공부가 재미있었어. 그 어떤 것보다도. 별들의 이름을 알고 싶었어. 어떤 동물이 차가운 피를 가졌는지 궁금했지. 처음으로 계란과 우유와 밀가루를 섞어 팬케이크를 만든 사람이 누구인지도 알고 싶었어.

쉬는 시간과 점심시간에는 대부분 도서관에서 책을 끼고 살았어. 아무도 나랑 놀고 싶어하지 않았거든. 책 속의 인물들은 나랑 기꺼이 시간을 보내주었지. 어쩔 수 없었는지는 몰라도."

선생님이 웃었다. 아이들은 선생님이 진심으로 웃는 게 아니라는 것을 알았다.

"말하고 싶지 않으면 굳이 안 하셔도 돼요, 선생님."

레이첼이 말했다.

"괜찮아. 고맙구나, 레이첼. 난 친구를 간절히 원했어. 친구를 사귀기 위해서라면 무엇이든 했지. 축구 규칙을 배워서 아이들에게 알려주기도 했어. 머리에 젤을 잔뜩 발라보기도 하고, 수업 시간에 대답하지 말자고 다짐도 했지. 아무것도 소용없었어. 내가 조금이라도 다가가면 아이들은 웃으며 무시했어. 처음에 한 두 번은 재미로 놀아주는 척했지만 그게 다였지.

그때 한 남자 아이가 전학을 왔어. 이름이 로저였지. 로저와 나는 좋아하는 것이 비슷했어. 우리는 얼마 안 가 친구가 되었어. 나에게도 친구가 생긴 거야! 학교 마치면 서로의 집을 오가며 스타워즈를 보고 비스킷을 먹으며 던전 앤 드래곤도 했지."

"던전 앤 드래곤이 뭐예요?"

스콧이 물었다.

"게임이야, 스콧."

"피파 같은 거요?"

"아니, 보드게임."

"시시하겠다."

스콧이 캘리와 하이파이브를 했다.

"아니, 아주 재밌어. 너희들은 직접 주사위를 던지는 재미를 모르겠지. 끈끈한 협동 정신과 주사위가 굴러갈 때의 짜릿함을 느껴봐야 하는데."

선생님은 목을 한 번 가다듬더니 다시 말을 이었다.

"아무튼 로저와 나는 점점 가까워졌어. 그러면서 로저가 엉뚱한 아이란 걸 알게 되었지. 나도 특이하긴 했지만. 우린 둘 다 어처구니없는 상상을 많이 했어. 이 어처구니없는 상상은 아이만이 할 수 있는 가장 멋진 생각이자 위험한 생각이지. 기막히게 놀라운 것을 만들어 내기도 하지만 다른 사람을 위험에 빠뜨리기도 하니까.

어느 날 아침, 럭비를 하던 아이들이 나에게 다가왔어. 멋지고 키도 크고 늘 어울리고 싶던 아이들이었지. 난 기분이 좋았어. 나에게 '괴짜 로저'를 잘 아냐고 묻더군. 나도 모르게 가끔 놀긴 하지만 친하진 않다고 했어.

그 녀석들은 로저가 괴짜라며 늘 알 수 없는 행동과 말을 한다고 했어. 그러면서 나한테 이상한 말을 한 적 없냐고 물었지.

지금 생각하면 이해가 안 되지만 난 로저가 푹신이라고 부르는 커다랗고 보드라운 토끼와 같이 잔다고 말했어. 로저를 꼭 나쁘게 말하려던 건 아니었어. 아이들은 늘 서로에 대해 아무 말이나 갖다 붙이기를 잘하니까. 그걸 순순히 다 믿는 아이도 없고."

❈❈❈ 145 *❈❈❈*

아이들이 '풋' 하고 웃었다.

"하지만 그게 끝이 아니었어. 다음 날 그 덩치 큰 녀석들이 또 날 찾아와서 로저에 대해 말하라고 했어. 녀석들이 재촉하는 바람에 난 머리가 하얗게 되었지. 하지만 그 짧은 순간에 이 아이들이 바라는 대로 해주면 나랑 놀아줄 지도 모른다고 생각했어. 로저는 발가락이 열다섯 개라고 말해버렸어. 한 동안 로저는 복도에서 신발을 뺏으려는 놈들을 피해 다녀야 했지. 아이들은 로저의 발가락이 열 개인 것을 눈으로 보고도 내 말이 거짓말이라고 생각하지 않았어. 발가락을 떼어 내는 수술이라도 받았다고 생각하더구나."

이번에는 아무도 웃지 않았다.

"내가 녀석들에게 마음대로 지껄인 마지막 헛소문은 선생님이 꿈이었던 로저가 선생님 당직실에 몰래 들어가 선생님들의 옷을 입는다는 거였어. 심지어 속옷까지.

끔찍한 이야기였지. 말을 내뱉자마자 해선 안 될 말을 했다는 걸 깨달았어. 소문은 얼마 안 가 학교 전체에 퍼졌지. 로저가 복도에 나타날 때마다 아이들이 수군거렸어.

선생님들은 사실이 아니라는 것이 밝혀진 후에도 로저를 이상한 아이 취급했어. 머릿속에 한번 들어가 박혀버린 사실은 아무리 논리적으로 설명해도 다시 꺼내기 쉽지 않아. 상황이 점점 더 나빠지자 결국 로저는 학교를 떠났지."

"하지만 소문은 아무것도 사실이 아니었잖아요!"

임런이 소리쳤다.

"중요한 건 사실이 무엇이냐가 아냐. 사람들이 믿기로 한 것이 무엇이냐지."

선생님이 침울한 얼굴로 말했다.

아이들은 안 됐다는 표정을 지어야 할지 소름끼친다는 표정을 지어야 할지 헷갈렸다. 선생님이 마음 아파하는 건 분명했지만 끔찍한 일을 저지른 것도 사실이었다.

"그게 끝이에요?"

엘리사가 물었다.

"그래, 남은 시간에는 과학 영상이나 보자."

선생님이 먼지 낀 텔레비전으로 머리가 하얗게 센 남자가 원자에 대해 설명하는 영상을 틀어주었다. 얼마 지나지 않아 종이 울렸다.

아이들이 모두 조용히 교실을 빠져나갔다.

올렉과 엠마와 세바스찬은 옥상으로 향했다. 올렉의 휴대전화가 울렸다. 올렉은 아이들에게 먼저 가라고 손짓한 후 부서진 바이올린이 가득 쌓인 음악실 창고에 들어갔다.

"여보세요."

"올렉, 아빠야."

"알아요. 화면에 이름 나오니까요."

"어디냐?"

"학교죠. 아니면 어디겠어요?"

"아, 오늘이 무슨 요일이지?"

아빠는 종종 날짜를 잊었다. 온종일 잠만 자면서 시계를 보지 않으면 그럴 수 있다.

"금요일이요."

"오, 아침부터 소리 질러서 미안하다."

"어제 아침이에요."

"세상에, 아무튼 미안하다. 아빠가 잠에서 깨면 좀 성질이 고약해지잖아. 앞으론 눈뜨자마자 커피 몇 잔 마시고 정신부터 차리도록 하마."

올렉은 넌더리가 났다.

"그러니까 이제 저한테 소리 좀 그만 지르세요. 전 잘못한 거 하나도 없잖아요."

"잘못 없는 거 아빠도 알아."

"다행이네요."

한동안 침묵이 흘렀다.

"가끔 네 할머니의 이야기에 갇힌 것 같은 기분이 들어."

"무슨 말이에요?"

"할머니는 이야기 속 인물들을 만들어내지만, 이야기를 완성하지 못하고 그냥 내버려 두잖아. 인물들은 아무것도 하지 않고 그냥 가만히 서 있지. 나도 그들 중 하나인 것 같아. 이야기 중간에 붕 뜬 사람."

올렉이 잠자코 들으며 생각했다.

'어른들은 자기 문제를 아이에게 잘 말하지 않던데. 아이가 잠자러 들어가면 어른들끼리 이야기하던데….'

올렉은 방황하는 아빠 때문에 마음 졸이고 싶지 않았다. 특히 엠마 때문에 신경이 곤두선 지금 같은 순간에는. 엠마는 왜 상식적으로 생각하지 않을까. 왜 항상 말도 안 되는 것을 믿을까. 왜 세인트메리중학교에 입학시험을 치르려는 걸까.

"올렉, 괜찮니?"

"제 걱정은 안 해도 돼요. 아빠 걱정이나 하세요."

올렉은 마음이 상한 채로 전화를 끊었다. 그래도 엠마와 다툰 것만큼 나쁘지는 않았다. 힘이 쭉 빠진 올렉은 침대에 누워 이불을 머리끝까지 뒤집어 쓴 채 잠이나 자고 싶었다.

올렉이 옥상으로 올라오자 엠마가 손을 들고 천천히 오라는 신호를 보냈다.

"놀라지 마."

엠마의 얼굴이 심각했다.

"내가 뭘 놀란다는 거야?"

올렉이 퉁명스럽게 대꾸했다.

"저기 좀 봐."

엠마가 옥상 아래쪽을 가리켰다.

길에 번쩍이는 차들이 줄지어 서 있었다. 골목길에도 풀밭 비탈길에도 곳곳에 거울처럼 주변을 반사하는 차가 가득했다.

올렉은 입이 떡 벌어졌다.

"그들이야. 소름끼치는 까마귀 가면을 쓴 사람들."

사람들은 아무도 차를 수상히 여기거나 차 안에 뭐가 있는지 궁금해하지 않았다. 차 앞을 지나면서도 눈길 한번 주지 않았다. 올렉은 이 미래에서 온 것처럼 보이는 커다란 차가 사람들의 눈길을 끌지 못 하는 것이 이상했다. 아무리 사람들이 볼 거라 생각 못 한 것은 보지 못 하는 경향이 있다고 해도 이해하기 힘들었다.

"엠마, 네 말이 맞았어. 도망칠 수 있을 때 가야 했어. 그들은 세바스찬이 학교에 있다는 걸 알고 있었어. 멀리 도망갔어야 했는데. 미안해."

올렉은 심장이 밖으로 튀어나와 무릎에서 뛰고 있는 것만 같았다.

"나한테 미안해 할 필요 없어. 사람들이 쫓고 있는 건 세바스찬이니까."

엠마는 화내지 않으려 애썼다.

올렉이 고개를 숙이고 새로운 친구를 돌아보았다.

"미안해, 세바스찬."

"엄마가 늘 말씀하셨어. 말린 자두 주스를 발효시키는 통을 일부러 발로 차서 넘어뜨린 경우가 아니라면 미안하다는 말은 하지 말라고."

세바스찬이 웃으며 말했다.

"뭐?"

"세바스찬의 말은 네가 일부러 그런 게 아니란 걸 안다는 거야. 지금이라도 떠날 준비가 되었니?"

엠마가 올렉을 보았다.

"그래, 우리 계획을 짜보자."

올렉이 말했다.

세 사람은 머리를 맞댔다.

★

쉬는 시간에 올렉과 엠마는 믿을 수 있는 친구들을 아지트로 데려갔다. 세바스찬에 대해 전부 이야기하지는 않았다. 처음부터 다 이야기하기에는 시간이 모자랐다. 무엇보다 아무도 믿지 않을 게 뻔했다.

대신 세바스찬이 부모님을 잃은 후 욕심 많은 삼촌에게 쫓기고 있다고 했다. 부모님이 원래 엄청난 부자여서 돌아가신 후 큰 유산을 남겼는

데 삼촌이 이 돈을 가로채려고 세바스찬을 쫓고 있다는 것이다.

"저 사람들은 세바스찬을 잡기 위해서라면 어떤 일도 서슴지 않을 거야. 세바스찬을 잡다 높은 탑에 가두고 열여덟 살이 될 때까지 하염없이 기다리게 할 거야. 그러다 삼촌이 나타나 모든 돈을 빼앗겠지. 저 사람들에게서 세바스찬을 지키려면 너희 도움이 필요해."

엠마가 진지한 목소리로 말했다.

"도울게."

스콧이 손을 들었다.

"나도 도울게. 세바스찬이 아니었으면 우린 크리스마스까지 매일 시험을 봤을 테니까."

캘리가 말했다.

"이 일과 관련해서 내가 할 수 있는 건 없을 것 같아. 하지만 비밀을 지킬게."

오라가 벌떡 일어나 아지트를 뛰쳐나가며 외쳤다.

"만약에… 엘리사가… 알게… 되면… 어… 쩌… 지?"

톰이 물었다.

"엘리사는 나한테 맡겨."

반 아이들 중 누군가 엘리사를 막을 수 있다면 그건 바로 엠마였다.

"그럼 우리는 뭘 해야 해?"

레일리가 물었다.

"우선 세바스찬이 지낼 안전한 공간을 찾을 때까지 저 사람들이 가까이 못 오도록 막아야 해. 해가 질 무렵까지만 눈을 피할 수 있다면 어두울 때를 틈타 도망칠 수 있을 거야. 어두워지면 저 사람들도 모든 길을 다 감시하지는 못 할 테니까."

엠마가 말했다.

"우리가 학교 전체를 다 막는 건 불가능해. 수업 시간에 말하는 것도 허락 못 받기 일쑤인데."

스콧이 툴툴거렸다.

그때 엘리사가 벌건 얼굴로 숨을 헐떡이며 아지트에 나타났다.

"너희들 여기서 뭐해? 왜 나는 안 불렀어?"

"긴급 상황이야. 무서운 삼촌한테 쫓기고 있어. 삼촌이 보낸 무시무시한 패거리들이 학교 앞에 쫙 깔렸어. 우린 완전히 포위당한 거지! 학교를 무사히 빠져나갈 수 없을 거야."

세바스찬이 말했다.

올렉이 끙하고 앓는 소리를 냈다.

"선생님께 말씀드리러 가자. 선생님은 아무나 학교에 들어와서 널 데려가게 두지 않을 거야."

엘리사가 두 손을 뒷주머니에 찔러 넣으며 외쳤다. 누가 반대라도 하면 바로 들이받을 기세였다.

"선생님들도 원칙 앞에선 어쩔 수 없을 걸. 세바스찬의 삼촌은 유일한 후견인이야. 삼촌이 유산을 욕심내고 있다는 말을 믿지 않을 수도 있어. 우리가 할 수 있는 일은 딱 하나야. 저 패거리들의 주의를 돌려서 세바스찬이 학교를 무사히 빠져나가게 하는 것."

엘리사의 유일한 맞수 엠마가 막아섰다.

"좋아. 저기 잔뜩 몰려온 번쩍거리는 차들이 다 세바스찬과 관련이 있다는 거지?"

엘리사가 물었다.

"차들을 봤어?"

"당연하지. 눈이 부셔서 혼났어. 학교 앞에 스물다섯 대, 운동장 뒤편 수풀 너머로 서른 대나 있던 걸. 차에 누가 타거나 내리는 건 못 봤어. 모두 세바스찬이 나오기만 기다리는 거겠지. 그들을 따돌리려면 최대한 치밀하게 작전을 짜야 해."

모두가 놀란 눈으로 엘리사를 보았다.

"너도 도울 생각이 있는 거야?"

캘리가 물었다.

"당연하지. 세바스찬은 짜증나는 생쥐 사건을 해결해 주었어. 나도 도울 거야. 나름대로 나도 착해."

다들 말이 없었다.

엘리사가 바닥에 줄을 하나 그었다. 줄의 오른편에는 작은 네모, 왼편에는 큰 네모를 그렸다.

"이 줄이 학교라고 해봐. 큰 네모는 운동장 쪽이고 작은 네모는 주차장 쪽이야. 우리는 우선 학교 건물 출입문과 운동장을 감시해야 해. 수상한 사람이 들어오는지 보는 거지. 혹시 던지기 잘 하는 사람 있니?"

몇몇 아이들이 손을 들었다.

"좋아, 너희들은 나가서 눈뭉치를 만들어. 주차장 입구 양편에 눈뭉치를 쌓아두고 기다려."

손을 든 아이들이 끄덕였다.

"우리 중에 누가 제일 어른 같아 보이지?"

모두가 새뮤얼을 쳐다보았다. 새뮤얼은 또래 아이들보다 머리 하나는 더 크고 코 아래가 벌써 거뭇거뭇했다.

"우리 엄마는 내가 마흔 살은 되어 보인대."

새뮤얼이 영웅이 된 듯한 표정으로 말했다.

"좋아. 옷이 문제네. 아, 그리고 레이저 펜 있는 사람?"

여섯 명이 손을 들었다.

"일단 배터리 있는지 확인해. 올렉, 엠마. 너희는 새뮤얼이 입을 양복과 넥타이를 좀 구해줘. 그리고 운동장 쪽을 어떻게 감시할지 생각해봐. 나는 앞을 맡을게. 너희는 뒤를 맡아줘. 알겠니?"

올렉과 엠마는 고개를 끄덕일 수밖에 없었다.

엘리사는 늘 나서기를 잘 했다. 엠마는 이제야 엘리사가 이해되었다. 엘리사는 앞장서는 데 아주 능숙했다. 딴지도 잘 걸지만 나름대로 답을 가지고 있었다. 이런 역할을 맡은 아이가 있다는 것은 문제 해결에 때로는 큰 도움이 된다.

"선생님들은 어떡해? 우리가 돌아다니는 걸 보고만 있지 않으실 텐데."

엠마가 말했다.

"선생님들은 걱정 마. 좋은 생각이 떠올랐어."

엘리사가 한쪽 눈을 찡긋 감았다.

아이들은 멍하니 엘리사를 보았다.

"자, 이제 움직이자. 이번 시간은 수학 시간이야."

엘리사가 자리에서 일어섰다.

★

모어컴 선생님은 늘 그렇듯 오늘도 기분이 저기압이었다. 아이들에게 수학을 가르치기는커녕 아이들 얼굴도 보고 싶지 않은 것 같았다. 평소처럼 문제지를 나눠주고 조용히 문제를 풀라고 했다.

반 아이들의 질문 공세 전략도 수학 시간에는 통하지 않았다.

누구든 수업 주제와 상관없는 질문을 던지면 모어컴 선생님은 소리를 빽 질렀다. 아이들은 심장 소리가 귀 바로 옆에서 들릴 정도로 놀랐다. 선생님은 옛날 방식을 버릴 생각이 없었다. 버럭 소리를 지르는 것이 학생들을 통제하는 유일한 방법이었다.

"구버, 무슨 일이지?"

손을 든 엘리사 구버에게 선생님이 탐탁지 않은 얼굴로 말했다.

"화장실 좀 다녀와도 될까요?"

"쉬는 시간에 뭐했니?"

"쉬는 시간에도 갔어요. 그런데 화장실이 또 급해서요."

선생님이 의심스러운 표정으로 혀를 쯧쯧 찼다.

"도대체 뭘 마신 거냐?"

엘리사는 잠시 멈칫했다.

"물이요. 그리고 오렌지 주스와 콜라, 블랙베리 스쿼시, 피클 소스도 조금 또 딸기셰이크요."

"됐다, 됐어. 후딱 다녀와."

엘리사가 장난기 어린 미소를 띤 채 가방을 메고 교실을 총총 빠져나 갔다.

"뭐 하려는 거지?"

"나도 모르겠어."

올렉과 엠마가 소곤거렸다.

"뭐라고?"

세바스찬이 큰 소리로 물었다.

"콜! 내 수업 시간에 그렇게 떠들어야 할 만큼 중요한 일이 뭐지? 문제 는 다 풀었나?"

선생님이 소리를 질렀다.

세바스찬은 이미 문제를 다 풀었다. 그것도 삼 분 만에. 당황한 선생님 은 서랍에서 새 문제지를 꺼내 세바스찬에게 건넸다.

"그럼 이걸 풀어라. 어떻게 푸는지 지켜보마."

"고맙습니다, 선생님. 얼마든지요."

다음 십 분은 반 아이들 모두에게 천천히 흘렀다. 세바스찬만 빼고.

화장실에 간 엘리사가 돌아오지 않자 아이들은 동요했다. 승합차로 달려가 세바스찬이 있는 교실을 알려줬을 지도 모른다고 수군거렸다.

그때 밖에서 요란스러운 소리가 들렸다. 작은 회오리바람이 복도를 따라 빠르게 지나갔다.

선생님이 일어섰다.

"나가서 무슨 일인지 알아보고 오마. 너희들은 가만히 앉아서 계속 문제를 풀도록."

아이들은 문제를 풀 생각도, 가만히 앉아 있을 생각도 없었다. 선생님이 교실에서 나가자마자 문으로 우르르 달려갔다.

복도 중앙에 산딸기 열매가 줄지어 놓여 있었다. 염소 한 마리가 미친 듯이 달려가며 열매를 먹어치웠다. 이유는 모르겠지만 염소는 크리스마스 장식을 몸에 걸치고 있었다. 반짝이 장식 줄을 뿔에 걸고 종이 눈송이를 털에 콕콕 꽂았다.

"세상에! 학교에 소가 있어!"

캘리가 소리쳤다.

"염소야. 멍텅구리 녀석."

스콧이 쏘아붙였다.

"소가 말도 해!"

"나야. 이 멍텅구리구리 녀석아!"

"농담이거든! 이 멍텅구리구리구리야!"

크리스마스 장식을 달랑거리며 쏜살같이 뛰어가는 염소 뒤로 클레이 선생님과 하버스 선생님, 위버 선생님, 필링 선생님이 우왕좌왕하며 쫓아갔다. 선생님들은 마치 고장 난 장난감처럼 어정쩡하게 뛰었다.

"거기 서라, 염소!"

클레이 선생님이 소리쳤다.

모어컴 선생님은 팔을 휘저으며 선생님들 뒤를 어색하게 따라갔다.

염소가 복도를 지나 과학실로 향했다. 더욱 많은 선생님들이 교실에서 나와 소리를 지르며 염소를 따르는 무리에 합류했다.

레글링턴 선생님도 퍼레이드에 동참했다.

할러웨이 선생님도 교실에서 나왔다.

던크 선생님은 할러웨이 선생님 뒤에 섰다.

힌크스 선생님은 염소 사냥 전문가라고 소리쳤다.

곧 학교의 모든 선생님이 학교를 사방팔방 휘젓고 다니는 동물을 따라나섰다.

염소가 바닥에 놓인 산딸기를 따라 창고로 들어갔다. 창고에는 바람 빠진 공과 망가진 테니스 라켓, 분실물 더미가 고약한 냄새를 풍기며 산더미처럼 쌓여있었다. 평소에는 아무도 들어갈 엄두를 내지 않는 곳이었다.

염소를 잡으러 마지막 선생님까지 그 어두컴컴한 공간으로 들어갔을 때 엘리사가 문을 쾅 닫았다. 그러고는 손잡이에 기다란 빗자루를 끼워 문을 잠갔다. 선생님들은 가엾은 염소와 함께 어둠 속에서 비틀거린 지 4분이 지나자 함정에 빠졌다는 것을 깨달았다. 단단히 잠긴 나무 문 밖으로 모두 한 마디씩 소리를 질러댔다.

"너희들 모두 퇴학당할 지 알아!"

"당장 부모님을 학교에 모셔 와야 할 거다!"

"앞으로 선물 같은 건 없어!"

"게임기를 모두 부셔버릴 거야!"

"휴대전화를 바다에 던질 거다!"

"너무 신경 쓰지 마. 이 동네에서 바다는 엄청 머니까."

스콧이 말했다.

아이들은 머리를 맞대고 빙 둘러서서 팔을 서로의 허리에 감았다.

"좋아. 이제 우리 작전을 아무도 방해하지 못 하도록 모두 각자 교실을 하나씩 맡아서 들어가. 물건을 가지고 오라는 심부름을 왔다고 하는 거야. 보통 선생님 책상 왼쪽 맨 위 서랍에 열쇠가 들어있으니 그 열쇠를 꺼내서 나와. 그리고 문을 잠가. 이상 끝."

사령관 엘리사가 돌아왔다.

22

선생님들이 갇히고 교실 문도 밖에서 잠기면서 학교가 아이들 손에
들어왔다. 하지만 시간을 오래 끌 순 없었다. 아이들은 바로 작전을 개시
했다.

"세바스찬을 미끼로 이용할 거야. 주차장에서 바로 보이는 교실 창가
에 세바스찬을 세워두는 거지. 그럼 저들이 어디로 향하는지 감시할 수
있어."

엘리사가 말했다.

"재밌겠는데! 언제나 이런 걸 한번 해보고 싶었거든."

세바스찬의 목소리가 들떴다.

"미끼가 뭐야?"

스콧이 물었다.

"다른 물고기의 먹이. 작은 물고기 같은 거야."

레이첼이 설명했다.

"위험하지 않을까? 그러다 세바스찬이 진짜로 잡히면 어떡해?"

올렉은 벌써 불길한 상상을 하고 있었다.

"그래서 우리가 철저하게 작전을 세웠잖아."

올렉은 여전히 마음을 놓을 수 없었지만 그렇다고 다른 뾰족한 수도 없었다.

모두 자기 위치로 향했다.

엘리사는 옥상 안쪽에 자리를 잡았다. 다리를 꼬고 앉아 휴대전화를 무릎에 내려놓고 작전 문자 메시지를 보낼 준비를 했다.

눈뭉치 조는 주차장에서 선생님들 차 뒤에 숨었다.

레이저 펜 조는 옥상의 발전기 뒤에 쭈그리고 앉았다.

새뮤얼은 화장실에서 대사를 연습했다.

아홉 명의 아이들은 매점으로 향했다.

그리고 마지막으로 우리의 세바스찬은 주차장 바로 앞 교실 창문가에 앉아 혼자 콧노래를 흥얼거렸다.

모두가 자기 위치에서 대기하는 동안 올렉과 엠마는 양복을 찾아나섰다. 들어갈 수 있는 곳은 다 들어갔다. 연극 의상을 보관하는 옷장과 창고를 샅샅이 뒤졌지만 양복은 없었다. 올렉과 엠마는 마음이 급해졌다. 모어컴 선생님이 벗어둔 외투라도 가져가려고 수학실로 돌아왔다. 그때 수학실 옆 선생님의 연구실 문이 열린 것이 보였다. 둘은 살금살금 연구실로 들어갔다.

벽에는 유명한 수학자와 물리학자 포스터가 붙어 있었다. 닐 디그래스 타이슨과 스티븐 호킹, 스리니바사 라마누잔이었다.

한쪽 구석에는 작은 수족관이 있었다. 카멜레온 눈을 가진 물고기가 조그마한 플라스틱 성 안에서 느릿느릿 헤엄쳤다.

그때 수족관과 벽 사이에 파란색 얇은 책이 눈에 띄었다. 6학년 출석부였다. 올렉과 엠마는 마주보았다. 하지만 시간이 없었다. 서둘러 양복을 찾아 옷장을 열었다. 놀랍게도 갓 다림질된 양복이 옷장에 걸려있었다. 반짝이는 분홍색 넥타이가 어깨에 걸쳐져 있고, 빳빳하게 접힌 꽃무늬 손수건은 양복 주머니에 얌전히 꽂혀 있었다.

올렉이 양복을 꺼내 들었다. 손수건을 빼자 카드가 툭 떨어졌다. 운전면허증이었다. 면허증에 적힌 이름은 로저 모어컴이었다.

로저.

클레이 선생님의 어린 시절에 등장했던 이름.

둘은 바닥에 털썩 주저앉았다.

"그럼 클레이 선생님이 어렸을 때 모어컴 선생님의 헛소문을 퍼뜨려 학교를 떠나게 했고, 모어컴 선생님은 클레이 선생님의 출석부를 숨겨서 클레이 선생님이 학교를 떠나게 만들려는 건가?"

올렉이 더듬더듬 연결고리를 이었다.

"나쁜 기억이 떠오르니까 클레이 선생님이랑 같은 학교에서 일하고 싶지 않았을 거야."

"이렇게 오랜 시간이 지났는데도 마음의 앙금이 남아있을까?"

"어쩌면 그 일로 모어컴 선생님의 인생이 바뀌었을 수도 있으니까. 선생님은 학교를 떠나야 했어. 아마 누군가 네게 그런 짓을 한다면 너도 평생 그 일을 잊지 못 할 걸."

"하지만 모어컴 선생님은 결국 선생님이 되었잖아. 그렇게 되고 싶다던 꿈을 이뤘어."

"모어컴 선생님은 행복해보이지 않아. 학교를 지긋지긋하게 여기는 것 같아. 어쩌면 어린 시절 아이들에게 받은 상처가 너무 커서 아이들에게 되갚아 주기 위해 선생님이 된 건지도 모르겠어."

올렉과 엠마는 머리가 복잡해졌다.

"클레이 선생님은 로저 일이 아직도 마음에 걸려 있는 것 같아."

"마음에 걸린다고 다른 사람에게 도움이 되지 않아. 애초에 그런 행동을 하면 안 되는 걸 알았다는 거잖아. 알았으면 안 해야지."

올렉이 고개를 갸우뚱했다.

"엄마가 가끔 하시는 말씀이야."

"미안해."

올렉이 말했다.

"뭐가?"

엠마가 놀란 토끼눈을 했다.

"네 말을 믿어주지 못 해서."

"괜찮아."

"무슨 일이 일어나고 있다고 생각하고 싶지 않았어. 불안하면 난 너무 힘들어지거든."

"알아."

"너 정말 눈사람을 봤니?"

"그냥 눈사람 아니고 여자 눈사람. 진짜로 봤어."

둘은 마주보고 웃었다.

"이제 가자. 다들 기다리겠어."

올렉과 엠마는 양복을 나눠 들고 새뮤얼에게 향했다.

★

엘리사는 작전 지시 중이었다. 매점에 갔던 아홉 명의 아이들은 매점의 음식을 싹쓸이해왔다. 매점의 음식들은 크게 두 종류였다.

A. 미끌미끌한 음식(작고 단단한 냉동 채소나 고기 알갱이로 만든 음식)

B. 끈적끈적한 음식(걸쭉한 소스로 덮였거나 덩어리지게 으깬 음식)

작전에 따라 아이들은 주차장 바닥 이곳저곳에 음식을 뿌렸다.

"적들이 갑자기 주차장으로 쳐들어 올 때를 대비하는 거야. 주차장에서 음식을 밟고 넘어지거나 자빠지게 만드는 거지. 그럼 우리는 시간을 벌 수 있어."

엘리사가 말했다.

"이건 발이 푹푹 빠지는 모래 늪이 아니라 그냥 음식이야. 시간을 오래 끌진 못 해."

엠마가 고개를 저었다.

"시간을 오래 끌 필요 없어. 곧 알게 될 거야. 너희 둘은 운동장을 감시하도록 해. 나는 이쪽을 지켜볼게."

"엘리사?"

올렉이 말했다.

"왜?"

"고마워."

"너희를 위해서가 아냐. 세바스찬을 위해서야."

엘리사가 휴대전화로 작전 지시를 내리며 말했다.

23

반짝이는 차의 문이 차례로 하나씩 열렸다.

까마귀 가면을 쓴 사람들이 밖으로 나왔다. 까만색 셔츠와 장갑, 전투용 바지, 번쩍번쩍 광이 나는 까만 부츠가 보였다. 어떤 이들은 키가 작고 어떤 이들은 컸으며 어떤 이들은 덩치가 작고 어떤 이들은 컸다. 그들은 하나같이 앞만 보았고 가면의 동그란 구멍 사이로 눈동자가 빛났다.

한 사람이 신호를 보내자 다 같이 앞으로 이동했다. 일사불란한 움직임이었다. 각자 서로의 위치를 완벽히 파악한 것 같았다. 만약 까마귀 군단이 조금 덜 무섭게 생기고 조금 더 춤에 관심이 있었다면 훌륭한 아이돌 그룹이 되었을 것이다.

학교 곳곳에 숨은 아이들의 헉하는 소리가 들렸다.

엘리사가 단체 메시지를 보냈다.

"조용히! 더 이상 아무 소리도 안 됨."

까마귀 군단은 팔을 흔들며 척척 전진했다. 머리도 위아래로 바삐 움직였다.

가면의 부리가 눈 덮인 땅에 뾰족한 그림자를 드리웠다.

주차장 바닥에 온갖 음식이 흩뿌려진 것을 본 까마귀 군단은 속도를 낮췄다. 냉동 햄버거와 정체를 알 수 없는 초록색 끈적이를 피해 살금살금 걸었다.

주차장 앞 교실에서는 세바스찬이 책 읽는 연기를 하느라 책에 코를 박고 있었다. 까마귀 군단이 학교에 들어왔다는 걸 모르는 척 해야 했다. 함정이라는 게 들키는 순간 까마귀들은 도망칠 것이기 때문이다.

"눈 발사!"

엘리사가 메시지를 보냈다.

사방에서 눈뭉치가 날아와 까마귀들의 머리를 맞췄다.

까마귀들은 비명을 지르며 우왕좌왕했다.

달아나려고 발버둥쳤지만 서로 부딪히며 자빠질 뿐이었다. 곧 모든 까마귀들이 축축한 음식과 반쯤 녹은 눈이 뒤섞인 끈적한 바닥에 대자로 뻗어버렸다.

"새뮤얼 출동!"

새뮤얼이 넥타이를 고쳐 매는 척하며 주차장으로 나왔다. 양복은 새뮤얼에게 완벽하게 맞았다. 머리는 시럽을 발라 매끈하게 다듬었다. 번들번들한 머리 때문에 새뮤얼은 평소보다 훨씬 나이가 들어보였다. 하지만 시럽 덕분에 파리도 꼬였다. 아무도 넥타이 매는 법을 몰라 운동화 끈을 묶듯 넥타이를 맸다.

"모두 멈춰! 한 발자국도 움직이지 마!"

새뮤얼이 배에 잔뜩 힘을 주고 낮은 목소리로 말했다.

음식의 늪에서 허우적대며 이미 멈추고 있던 까마귀들이 고개를 들었다.

"우리는 이 학교의 학생을 찾고 있습니다. 학생인 척 하는 아이일지도 모르지만요. 협조해주신다면 최대한 빨리 떠나겠습니다."

까마귀 중 하나가 말했다. 올렉이 그 자리에 있었다면 여자 까마귀의 푸른색 눈빛을 알아봤을 것이다.

"우리 학교 학생 누구라도 절대 데려갈 수 없다. 어디서 왔는지도 모르는 사람한테 학생을 내어줄 선생은 없어. 당신들이 어디서 나타난 자자들 아니 작자…."

새뮤얼은 손등에 적어둔 대사를 읽는 것이 분명했다. 하지만 별 문제 없었다. 큰 덩치와 꽉 죄는 넥타이 때문에 새뮤얼은 누가 봐도 몹시 언짢은 선생님 같았다.

"어디서 나타난 작자들인 지는 몰라도 우리 학교와 어울리지 않는 손님인 건 분명해. 당장 학교를 떠나지 않으면 경찰을 부르겠다. 사실은 이미 경찰에 신고했다."

푸른 눈의 까마귀가 미끄럽고 끈적거리는 음식물 사이로 조심스럽게 일어섰다.

"그게 당신의 일이라는 걸 잘 압니다. 하지만 이건 당신의 일과는 차원이 다른 중요한 일입니다. 우리에게 협조하지 않으면 끔찍한 재앙이 닥칠 겁니다. 당신에게뿐 아니라 이 세계에 말이죠. 우리는 당신 학교 따위 지도에서 없애버릴 수도 있어요. 제 말을 믿으세요. 우린 지금 장난하는 게 아닙니다. 우리를 쫓아버린다면 당신은 그 학생뿐 아니라 누구도 지킬 수 없을 겁니다.”

“당신들은 학교에 함부로 침입했어. 이곳은 학교 소유의 땅이야. 그리고 우리는 호박벌은 상대하지 않아!”

새뮤얼이 눈을 가늘게 뜨고 손등을 보았다.

“그러니까 내 말은 호박벌 같은 협박범 말이지. 우리는 협박범은 상대 안 해.”

그때 새뮤얼의 휴대전화가 울렸다.

새뮤얼은 바로 주머니에서 꺼내 받았다.

고개를 끄덕이며 심각한 표정으로 수화기에 대고 중얼거렸다.

까마귀들은 서로를 쳐다보며 눈치를 살폈다.

새뮤얼이 천천히 휴대전화를 주머니에 넣었다.

“무장 경찰이 도착했다. 강력한 무기로 무장했다지. 이곳이 학교인 만큼 경찰은 안전을 위협하는 범죄자에게 강력한, 아주 강력한 무기를 사용할 수 있어.”

새뮤얼이 다른 표현을 생각해 내려고 인상을 썼다.

“아무튼 그들은 굉장히 강력해.”

엘리사가 다시 한번 단체 메시지를 보냈다.

“레이저 펜, 공격 개시!”

까마귀 군단의 가슴과 머리에 붉은 점이 나타났다.

“움직이지 마!”

새뮤얼이 소리쳤다.

까마귀들은 손을 머리 위로 올렸다. 겁먹은 것이 분명했다.

"이제 가면을 벗으시지."

까마귀들은 아무도 움직이지 않았다.

"가면을 벗으라고 했다!"

"부탁합니다. 우리의 얼굴을 모르는 편이 당신에게도 나을 거예요. 당장 떠나겠습니다. 하지만 당신은 지금 심각한 실수를 하고 있다는 걸 잊지 마십시오."

까마귀의 푸른 눈이 가면 사이로 이글거렸다.

까마귀 군단은 돌아서서 까치발로 차까지 걸어갔다. 새뮤얼은 가만히 서서 그들이 학교를 모두 빠져나갈 때까지 눈에서 힘을 풀지 않았다.

잠시 후 새뮤얼은 옥상으로 돌아와 입 속에 캐스터네츠가 든 것처럼 이를 딱딱 부딪치며 말했다.

"무서워 죽을 뻔했어. 까마귀들이 가면을 벗기라도 했으면 난 기절했을 거야."

"이제 다 끝났어. 네가 해냈어!"

캐리가 엄지를 치켜들었다. 캐리가 새뮤얼의 손을 높이 들자 아이들이 환호성을 질렀다.

올렉과 엠마는 운동장 구석 아지트에 숨어 운동장을 감시하고 있었다. 주차장에서 되돌아간 까마귀들이 운동장을 통해 다시 한 번 침입할 가능성이 있었기 때문이다. 그리고 예상은 맞아떨어졌다.

"안 무서워?"

올렉이 물었다.

"괜찮아. 너는?"

"나도 안 무서워."

올렉은 사실 떨고 있었다. 하지만 앞으로는 엠마에게 무섭다고 말하지 않기로 결심했다.

운동장이 집들에 둘러싸여 있었기 때문에 까마귀들은 길에 차를 버리고 걸어서 학교 쪽으로 이동했다.

까마귀들은 손에 까만색 플라스틱 가방을 들고 있었다. 올렉은 그 가방이 무엇일지 상상도 하고 싶지 않았다.

"계획대로 하면 돼. 까마귀들은 곧 사라질 거야."

올렉이 혼잣말을 중얼거렸다.

까마귀들이 움직일 때마다 지지직거리는 소리가 들렸다. 올렉은 도로 위 전깃줄이 떠올랐다. 괜히 손가락이 따끔거렸다.

엠마와 올렉은 커다란 스피커를 사이에 두고 앉았다. 큰 강당에서 연주회를 할 때 주로 쓰는 스피커였다. 스피커에서 울리는 소리는 귀가 찢어질 정도로 컸다.

갑자기 불빛이 반짝이며 둘의 눈앞이 캄캄해졌다.

"이게 뭐지?"

"모르겠어. 햇빛인가?"

"눈이 아파."

"서두르자. 그들이 가까이 온 것 같아."

엠마와 올렉의 계획은 단순했다.

둘은 휴지를 뭉쳐 귀에 꽂았다. 작전이 실패할 경우를 대비해 미리 서로의 이마를 톡톡 두드렸다.

"시작하자."

엠마가 말했다.

올렉이 재생 버튼을 눌렀다.

학교가 떠나갈 듯이 큰 음악이 울려 퍼졌다. 아지트 근처 나뭇잎이 팔랑거릴 정도였다. 땅도 진동했다. 육중한 전자 드럼 소리가 머리끝에서 발끝까지 소름을 돋게 했다.

음악을 틀자마자 운동장 울타리 위로 얼굴이 솟아올랐다. 잔뜩 화가 난 이웃 할아버지였다.

"이게 도대체 어디서 나는 소리야? 당장 끄지 않으면 다 부셔버릴 줄 알아!"

할아버지가 눈을 부릅뜨며 소리를 질렀다.

올렉과 엠마는 귀에 휴지를 끼웠기 때문에 제대로 알아듣지 못 했다.

까마귀들의 지지직 소리가 커질수록 음악 소리도 더욱 커졌다.

음악 소리가 커질수록 울타리 위로 시뻘겋게 달아오른 얼굴들이 더 많이 올라왔다.

"당장 끄지 못 해!"

"너무 심하잖아!"

"도대체 어느 집이냐!"

"제발 좀 꺼!"

"우린 사람도 아닌가? 조용히 살 권리도 없나?"

"그런데 저것들 뭐야?"

갑자기 항의가 멈췄다.

마침내 이웃들은 음악보다 까마귀 군단에 주목하게 되었다.

"학교 근처에서 뭐하는 거지? 저 학교 아이들도 아닌 것 같은데."

"수상한 사람들이에요!"

올렉이 소리쳤다.

"아이들이 위험해요!"

엠마도 소리쳤다.

이웃들은 소름이 끼쳤다.

"수상한 사람이 학교 근처에? 절대 안 되지."

"우리 동네에서는 어림없어."

"누가 경찰을 불러요! 도망가지 못 하게 잡아요!"

이웃들은 울타리를 넘어 운동장으로 향했다. 손에는 정원에서 가져온 온갖 도구들이 들려 있었다. 갈퀴와 큰 삽과 작은 삽 또 바구니까지. 이 뒤죽박죽 정원사 군단은 돌격 준비를 마친 황소처럼 이를 갈며 땅을 발로 굴려 뿌연 흙먼지를 일으켰다.

까마귀들은 오도가도 못 한 채 망설였다.

"저들을 잡아!"

이웃 아주머니가 외쳤다.

이웃들은 손에 든 정원 도구를 높이 쳐들고 먹이를 눈앞에 둔 포식자처럼 빠르게 돌진했다.

까마귀들은 좁은 골목길로 먼저 들어가려고 서로 밀치기 시작했다.

마을 사람들이 더 이상 쫓아오지 못 할 때까지 미친 듯이 도망쳤다.

★

　가면을 쓴 불법 침입자 군단이 줄행랑을 치자 올렉과 엠마는 옥상으로 돌아갔다. 아이들은 옥상에 모여 올렉과 엠마가 까마귀들을 멋지게 내쫓는 모습을 지켜보았다.
　모두가 승리에 환호했다.
　안도의 한숨을 내쉬며 서로 껴안고 손을 잡고 흔들었다.
　아이들은 승리의 소식을 가지고 의기양양하게 세바스찬을 데리러 갔다.
　하지만 세바스찬은 보이지 않았다.

세바스찬이 앉았던 의자에는 잠든 고양이처럼 가방만 덩그러니 놓여 있었다. 아이들은 까마귀 군단에 뒤통수를 맞았다는 것을 깨달았다. 까마귀들은 주차장과 운동장으로 아이들의 시선을 따돌린 틈을 타 몰래 학교에 침입한 것이다.

어떻게 아무도 세바스찬을 보지 못 한 건지 모두가 충격에 빠졌다. 올렉은 완전히 얼빠진 표정이었다. 왜 가장 친한 친구의 말을 듣지 않았을까. 왜 기회가 있을 때 세바스찬과 함께 도망치지 않을까. 올렉은 후회하고 또 후회했다.

아이들은 다시 옥상으로 올라갔다.

그 사이 번쩍이는 차들이 모조리 사라졌다. 희미한 엔진 소리도 들리지 않았다. 길에 차가 있었다는 흔적조차 없었다.

다만 아래층에 갇힌 선생님들이 사정없이 발을 구르는 소리만이 귓가를 울렸다.

"세바스찬이 사라졌어."

엠마는 도무지 믿을 수 없다는 듯 고개를 흔들었다.

"세바스찬의 삼촌을 용서할 수 없어."

스콧이 옥상 문을 발로 쾅 찼다.

"삼촌 같은 건 처음부터 없었어! 저 사람들이 어떤 사람들인지 알려줄까. 처음부터 나타나서는 안 되는 아이라는 이유로 세바스찬을 없애려는 비밀 조직이야. 지금쯤 세바스찬은 혼자 남겨져서 두려움에 떨고 있을 거야. 다 내 잘못이야. 세바스찬은 이제 없었던 사람처럼 잊힐 거야. 다시는 치즈를 맛볼 수도 없고 물고기 간질이기도 못 할 거야."

올렉이 소리쳤다.

아무도 입을 열지 못 했다.

엠마가 올렉 옆에 쭈그리고 앉았다. 엠마는 올렉의 양쪽 어깨에 손을 얹었다.

"화낸다고 달라지지 않아. 네 잘못도 아니야. 우리가 일부러 세바스찬을 나타나게 한 것도 아니잖아."

"그럼 이대로 없었던 일로 하자고? 포기하자고? 세바스찬을 어디로 데려가든 상관하지 말자고? 그저 너무 끔찍하지 않기만을 바라면서?"

올렉의 눈이 빨개졌다.

"나도 너만큼 세바스찬을 찾고 싶어. 하지만 지금은 먼저 생각을 해야 해."

"생각할 시간이 없잖아!"

"그럼 계획은 있어?"

올렉이 움찔했다.

"아니. 하지만 그렇다고 가만히 있어도 된다는 뜻은 아냐."

올렉의 목소리가 침울했다.

"우리는 그들이 어디로 갔는지조차 몰라."

엠마가 말했다.

"저기, 내가 그 차 중에 하나를 엄청 세게 찼거든."

스콧이 기침을 하며 손을 들었다.

"멋지네, 스콧. 그런데 우리는 지금 무지하게 심각해."

엠마가 스콧을 노려보았다.

"아니, 차가 좀 찌그러질 정도로 찼어. 기름이 새는 것 같던데. 아마 차가 어디로 갔는지는 알 수 있을 거야."

침묵이 흘렀다.

엠마가 스콧에게 달려가 스콧을 꽉 껴안았다.

"늘 하던 대로 찼을 뿐이야."

스콧이 씩 웃었다.

"차가 어디로 갔는지 안다고 해도 어떻게 차를 따라잡지? 벌써 여기서 몇 백 킬로미터는 갔을 지도 몰라."

올렉이 콧물을 닦으며 물었다.

"그건 걱정 마."

엠마가 눈빛을 반짝였다.

★

잠시 후, 경비 아저씨는 6학년 아이들을 단체로 맞이해야 했다. 아이들의 초롱초롱한 눈망울이 강렬해 아저씨는 뒷걸음질을 쳤다.

"녀석이 잡혔어? 그들이 잡아갔어?"

아저씨는 입에 문 지푸라기를 꺼냈다.

올렉이 힘없이 고개를 떨궜다.

"그들이 들이닥칠 거라고 이야기했었지. 그들 입장에서는 위험한 상황이었으니까."

"아저씨가 제설차로 쫓아가 주시면 안 될까요? 세바스찬이 영원히 사라지기 전에 꼭 찾아야 해요."

엠마가 경비 아저씨에게 한 걸음 다가갔다.

아저씨는 카우보이 모자를 벗더니 한 손으로 빙글빙글 돌렸다.

"그건 나에게 너무 위험해. 너희를 데려다주고 나는 바로 돌아와도 좋다면 그렇게 하마. 이해해주기 바란다."

"좋아요. 고마워요, 아저씨."

"아직 고맙다는 인사는 받기 일러."

아저씨가 창고 뒤편으로 들어가더니 몇 초 후 부릉부릉 소리를 내며 제설차를 끌고 나타났다. 제설차의 꽁무니에는 바닥에 지푸라기가 깔린 짐차가 연결되어 있었다.

엠마와 올렉은 반 아이들에게 인사했다.

"도와줘서 정말 고마웠어. 우리 많이 가까워진 것 같아."

"세바스찬은 좋은 녀석이야. 꼭 찾아줘."

캘리가 말했다.

"건투를 빌게."

라이언이 주먹을 꼭 쥐어 보였다.

"가방 가져가야지. 세바스찬도 분명히 가방을 찾고 싶어 할 거야."

엘리사가 세바스찬의 마법 가방을 들고 왔다.

"고마워, 엘리사."

엠마가 엘리사에게 손을 내밀었다.

"뭘."

엘리사가 엠마의 손을 슬쩍 잡았다.

엠마와 올렉은 짐차에 올라탔다.

경비 아저씨가 주차장을 나서자 둘은 아이들에게 손을 흔들었다. 아이들은 옥상으로 달려가 제설차가 안 보일 때까지 손을 흔들었다.

25

제설차는 시내를 벗어나 고속도로까지 이어진 휘발유 자국을 따라갔다. 새로 지은 집들이 옹기종기 모인 풍경은 곧 외로이 홀로 선 오두막으로 바뀌었고 들판으로 거대한 숲으로 변해갔다. 마지막에는 양과 소가 노니는 눈 덮인 초원이 나타났다.

해가 저물면서 하늘은 총천연색으로 물들었다. 별이 하나씩 총총 뜨기 시작했다. 오가는 차들이 불을 켜고 가로등도 깜빡거리며 깨어났다.

올렉은 창고에 갇힌 선생님들이 풀려났는지, 아이들이 설명은 잘 했는지 궁금했다. 선생님들이 이해를 해주었을까? 글쎄, 그럴 것 같지 않았다.

엠마는 엄마를 걱정했다. 제설차가 잠시 멈추면 음성메시지를 남겨야겠다고 생각했다.

고속도로 휴게소 앞에서 아저씨가 차를 세웠다. 모두 화장실에 들렀다가 카페에서 차를 나눠 마셨다.

"여기가 마지막 휴게소일 거야. 전혀 급하지 않아도 출발하기 전에 화장실에 한 번 더 다녀와. 꼭 필요한 상황이 아니면 이제 쉬지 않고 쭉 갈 테니까."

"휘발유 자국이 어디로 이어질지 아세요? 세바스찬이 어디로 가는지 아시는 거예요?"

엠마가 눈을 크게 떴다. 하지만 알든 모르든 상관없었다. 세바스찬이 가는 곳이 어디든 얼마나 멀든 따라갈 것이기 때문이다.

아저씨가 숨을 크게 내쉬었다.

"그곳은 이름이 없어. 있는데 내가 모르는 걸 수도 있지만. 확실한 것은 끔찍한 곳이라는 거야. 그곳에 가까워질수록 나를 끌어당기는 힘이 더 세져. 블랙홀 같은 곳이야. 너희도 느끼려고만 하면 느낄 수 있을 거야."

올렉과 엠마는 믿을 수 없었다. 느끼고 싶지도 않았다.

"아저씨는 진짜로 누구세요?"

올렉이 차를 홀짝이며 물었다.

"다음에 이야기하자. 이제 화장실에 다녀와. 부지런히 가야 해."

화장실에서 엠마와 올렉은 엄마, 아빠에게 음성메시지를 남겼다. 둘 다 응답을 기대하진 않았다.

"엄마, 저예요. 지금 올렉 집이니까 걱정 마세요. 요즘 선생님이 숙제를 많이 내주세요. 오늘은 로마인들이 길을 어떻게 건설했는지에 대한 발표 준비를 하고 있어요. 일 너무 많이 하지 마시고요! 그리고 부엌 청소는 올리버 오빠에게 시키세요."

엠마였다.

“아빠, 이 음성메시지를 듣는다면 난 잘 있는 거예요.”

올렉이었다.

둘은 다시 차에 올랐다.

고속도로는 두 개의 빛이 흐르는 강 같았다. 하나는 붉은색, 하나는 흰색. 화물차가 보이지 않는 짐을 힘겹게 끌면서 달렸다. 차들은 밤을 가로지르며 질주했다.

“이 시간에 다들 어디로 가는 걸까?”

엠마가 혼잣말을 했다.

고개를 돌리니 올렉이 경비 아저씨가 준 담요를 덮고 잠들어 있었다. 엠마는 조용히 숨을 내쉬었다. 요 며칠이 참 길었다. 짐차가 덜커덩거리는 소리가 오히려 마음을 편안하게 했다.

“안 자니?”

아저씨가 뒤를 돌아보지 않은 채 말했다.

“졸리지 않네요.”

“네 방 침대랑은 비교도 못 할 정도로 불편할 것 같아 걱정이구나.”

“괜찮아요. 아저씨 고향은 어디예요? 고향이 그립진 않나요?”

“그립지. 할머니가 보고 싶어. 할머니가 해주시던 음식이 먹고 싶고. 콩 요리를 아주 맛있게 하셨지. 콩과 소시지와 돼지고기와 매운 고추를 넣어 푹 끓여 주셨어.”

“맛있겠다.”

엠마가 입맛을 다셨다.

"식구들이 다 좋아한 건 아니었어."

"아저씨 집은 어땠어요?"

"집이라…. 집은 책 속에 있었지. 정확히는 어떤 한 권의 책. 멋진 곳은 아니었어. 이곳보다 훨씬 춥고 어둡고 위험했지."

'아저씨도 혹시 누군가의 상상 속에서 나온 걸까? 올렉이 전에 이야기한 초록 쌍둥이 같은 책에서 탈출한 걸까?'

엠마는 가슴이 두근거렸다. 그때 한 가지 생각이 번뜩 떠올랐다. 하지만 당장 입 밖에 낼 수는 없었다. 때를 기다려야 했다.

"오, 이런."

아저씨가 한숨을 쉬었다.

"왜요?"

제설차가 멈췄다.

"기름이 떨어졌어."

"기름을 더 살 순 없어요?"

아저씨가 뒤를 돌아보았다.

"문제는 돈이 없다는 거야. 나는 돈을 거의 갖고 다니지 않거든. 얼마 전에 주머니에 든 돈을 다 털어서 코코아를 샀어. 혹시 너는 있니?"

엠마가 고개를 저었다.

아저씨와 엠마는 차에서 내려 차를 도로 가장자리로 밀었다. 매서운 추위 속에서 여자아이와 나이든 남자가 차를 미느라 끙끙대는 모습에 얼마 안 가 트럭 한 대가 멈췄다. 트럭 기사는 엠마와 올렉, 아저씨를 트럭에 태우고 제설차를 가장 가까운 주유소까지 끌고 가 주었다.

"엠마, 지금부터 우린 모험을 해야 할 것 같구나. 내 자리에 앉아 보겠니?"

경비 아저씨가 말했다.

"운전석에요? 왜요? 전 운전 못 하는데요?"

엠마의 눈이 커졌다. 당장 올렉을 깨워서 이야기하고 싶었지만 올렉은 트럭과 제설차를 옮겨 타면서도 잠에서 깨지 않았다.

"운전을 못 하는 사람은 아무도 없어. 발로 운전대 밑에 있는 것을 누르면서 운전대를 돌리기만 하면 돼."

"운전대 밑에 있는 거요?"

"그걸 뭐라고 부르는지 모르겠어. 쇠로 된 거 있잖아."

"페달이라고 했던 것 같아요."

"그래, 아무튼 그걸 발로 누르면서 운전대를 돌려. 다른 차 조심하면서, 경적은 진짜 초조할 때만 울리고."

"전 아이예요. 못 해요. 그걸 어떻게 해요."

"왜 못 한다고만 생각하니? 할 수 있다고 한번만 믿어봐. 여기서 잡히면 우리는 네 친구를 구하러 갈 수 없어."

아저씨가 문을 열고 차에서 내렸다.

기름 탱크에서 기다란 노즐을 뽑아 제설차의 주유 구멍에 꽂았다. 휘발유가 콸콸 쏟아져 들어갔다.

종업원이 노란 빛이 뿜어져 나오는 주유소 건물에서 그들을 보고 있었다. 종업원 옆으로 화려한 포장의 감자 과자와 초콜릿, 잡지 같은 것이 보였다.

엠마의 배에서 꼬르륵 소리가 났다.

'세바스찬의 가방을 뒤적여볼까?'

세바스찬의 마법 가방에는 언제나 무엇인가 들어 있었다. 이번엔 팬케이크 같은 것이 있을지도 모른다. 어쩌면 식빵 가장자리를 잘라낸 부드러운 햄 치즈 샌드위치가 있을 수도 있었다.

"엠마, 출발해!"

아저씨가 짐차에 뛰어오르며 외쳤다.

엠마는 페달을 밟고 운전대를 오른쪽으로 휙 꺾었다. 제설차가 앞으로 나갔다. 엠마는 놀라 페달에서 발을 뗐다. 차가 어디 부딪힌 것처럼 급하게 멈췄다.

"페달에서 발을 떼면 안 돼!"

아저씨가 외쳤다.

엠마는 다시 페달을 밟고 이번에는 발을 꼭 붙인 채 도로로 들어섰다. 엠마가 할 수 있는 것은 앞으로 똑바로 가는 것뿐이었다. 거센 바람 때문에 눈에서 눈물이 흐르고 심장은 갈비뼈를 망치질하듯 세게 두드렸다.

엠마가 뒤를 돌아보았을 때 놀란 표정의 종업원이 주유소에서 뛰쳐나와 팔을 흔들었다. 죄책감을 느껴야 하는 상황이라는 것을 알았지만 다행이라는 생각이 먼저 들었다.

주유소에서 멀어지자 다시 경비 아저씨가 운전석에 앉았다.

"어때? 할 수 있다고 했잖아. 어른들은 항상 별것 아닌 일을 엄청나게 복잡하고 힘든 일인 척해. 대부분은 그냥 앉아서 버튼이나 누르면 되는 일인데 말이지."

엄청난 소동이 일어나는 동안 올렉은 꿈쩍도 하지 않고 내내 잠을 잤다. 올렉은 아빠에게 폭풍 속에서도 잘 수 있는 엄청난 재능을 물려받은 게 확실했다.

비가 흩뿌리기 시작했다.

엠마도 졸음이 몰려왔다. 엠마는 아까 떠오른 생각을 되뇌었다.

절대 잊으면 안 되는 생각이었다. 절대로.

달빛이 희미해지면서 해가 떠오르기 시작했다. 맑은 겨울 아침의 찬란한 햇살에 올렉과 엠마가 눈을 비비며 일어났다. 둘은 여전히 제설차에 매달린 짐차에 실려 덜컹거리며 어디론가 가고 있었다.

아이들은 누워서 하늘을 보았다. 구름 사이로 저 멀리 땅까지 하늘에 하얀색 길이 나 있었다. 마치 비행기가 곤두박질치며 남긴 흔적 같았다.

올렉과 엠마는 어디를 지나고 있는지 전혀 알 수 없었다.

올렉이 폴란드 웨바에서 바다를 건너올 때 빼고 둘은 마을을 떠나본 적이 없었다.

공기의 냄새도 달랐다. 젖은 흙과 오래된 나무껍질 냄새가 코끝에 생생하게 닿았다. 설명할 수 없는 일이지만 바람에 화약 냄새가 배어 있었다.

잠시 후 아저씨는 좁은 길로 들어섰다. 좁은 길은 더 좁은 길로 이어지고 점점 더 좁고 구불구불한 길로 이어졌다. 길 끝에서 어슴푸레한 소나무 숲이 나타났다. 아침 햇살이 우거진 이파리 사이를 힘겹게 뚫고 내려앉았다. 나뭇잎들은 땅 위에 떨어져 신비로운 무늬를 만들었다. 그림자가 흔들리며 깜빡거렸다.

아저씨가 시동을 끄고 제설차에서 풀쩍 뛰어내렸다. 그 자리에 서서 하품을 하고 크게 기지개를 켰다. 빗방울이 나뭇가지와 이파리 위로 후두둑 떨어졌다. 귀뚜라미가 숨어서 귀뚤귀뚤 울었다.

"여기가 세바스찬이 잡혀온 데 맞아요?"

엠마가 미심쩍은 눈길로 주위를 둘러보았다.

"아니, 아침 먹고 가려고. 뱃가죽이랑 등가죽이 붙을 판이야. 더 이상은 못 가겠구나. 세바스찬도 아직까지는 괜찮을 거야."

아저씨가 휴대용 가스버너를 꺼내 프라이팬을 올리고 베이컨을 구웠다. 올렉과 엠마는 그루터기에 걸터앉아 담요를 덮고 다리를 흔들었다. 입에서 하얗게 입김이 나왔다.

"올렉! 저기 좀 봐."

엠마가 올렉의 어깨를 두드렸다.

올렉은 전기 충격이라도 받은 것처럼 벌떡 일어났다.

숲 안쪽이 눈사람으로 가득 차 있었다. 눈사람들은 앙상한 나무 사이에서 조금도 움직이지 않고 가만히 서 있었다. 커다란 눈뭉치 두 개가 붙은 눈사람도 있고 네 개가 붙은 키다리 눈사람도 있었다. 목도리를 한 눈사람도 있고 비뚤어진 모자를 쓰고 나비 모양 파스타로 나비넥타이를 맨 눈사람도 있었다. 몸에는 석탄 조각을 단추 삼아 달았다. 눈사람들은 모두 눈도 깜빡하지 않았다.

"여자 눈사람들이야. 그런데 아무도 움직이지 않네."

엠마의 목소리에 실망한 기색이 스쳤다.

"당연히 안 움직이지. 해 날 때 돌아다니다간 다 녹고 말 테니까. 물웅덩이로 변신하고 싶다면 몰라도."

아저씨가 웃었다.

"눈사람들이 왜 여기 있는 거죠?"

올렉이 물었다.

"우리와 같은 이유 때문일 거야. 눈사람들도 떠나는 중이지. 내 추측으로는 북극으로 가는 것 같아. 여자 눈사람들은 현명해. 곧 계절이 바뀌면 이곳에 오래 머물 수 없다는 걸 알고 있어."

아저씨는 샌드위치 세 개를 가져와 아이들에게 하나씩 건넸다. 버너에는 물을 끓일 주전자를 올렸다. 샌드위치를 금세 먹어치운 세 사람은 뜨거운 차를 마셨다. 올렉은 눈사람들이 갑자기 점프라도 할까봐 눈사람에게서 눈을 떼지 않았다.

엠마는 잠시지만 마음이 편안했다. 두 손 사이에는 따뜻한 컵이 쥐어져 있었다. 아무리 외롭거나 화가 날 때도 따뜻한 것은 기적을 일으켰다. 엄마는 겨울이면 늘 손이 따뜻한 사람이 마음도 따뜻하다며 털장갑을 챙겨 주었다.

"아저씨는 집이 책이라고 했죠?"

차를 반쯤 마셨을 때 엠마가 물었다.

"그래, 한때. 아주 오래 전에. 어쩌면 아주 오래 전은 아닐 지도 모르지만. 실은 집을 떠난 지 얼마나 되었는지 모르겠어. 너희들 학교 도서관에 있었던 책이야. 내가 알기론 아무도 손을 대지 않은 책이었지."

"어떤 이야기인지 기억하세요?"

"그럼. 배경은 아주 이상한 나라였어. 적막하고 황량하면서 흙먼지가 자욱해 끝이 안 보이는 곳이었지. 사람들 기억에서 잊힌 작은 마을들이 있었는데 마을과 마을 사이에는 사막과 바위산이 있었어. 그 나라는 무법천지였어. 가만히 앉아서 쉬는 일 따위는 상상할 수도 없었지.

무기를 손에서 내려놓으면 누구든 바로 날 해칠 수 있었어. 잠을 잘 때는 늘 공격받을 위험을 감수해야 했지.

나는 거의 모든 밤을 별 아래서 잠들었어. 내 이름은 꽤나 유명했지. 내가 나타나면 마을 사람들은 모두 집으로 돌아가 모든 문을 잠그고 숨었어. 온 마을이 숨죽였지. 나는 늘 개처럼 으르렁거리거나 고함을 치면서 위협을 해야 했어. 훔칠 만한 것들을 훔친 다음 내 말 덤보를 타고 마을을 떠나기를 반복했지. 덤보는 눈이 하나에 다리가 세 개였지만 발바닥에 불이라도 붙은 것처럼 잘 달렸어."

아저씨가 고개를 떨구었다.

"덤보가 그리워. 이 제설차 같은 건 비교할 수도 없어. 덤보가 너무 그리워."

"그런데 왜 책에서 나오셨어요?"

올렉이 물었다.

"더 이상 누구도 공격하고 싶지 않았어. 나에게 공격하라고 명령하는 한 사람만 빼고. 그 사람의 꼭두각시로 사는 건 흥미 없었어. 어느 날 보이지 않는 줄이 내 몸에 매달렸다는 걸 깨달았거든."

아저씨가 꼭두각시 흉내를 냈다.

"그럼 다른 이야기 속 인물들은 왜 책에서 나오지 않죠? 아무때나 나올 수 있는 것은 아닌 건가요? 왜 신데렐라는 슈퍼마켓에 나타나지 않는 거죠?"

올렉은 모든 게 궁금해졌다.

"익숙한 세상을 떠나 낯선 세상으로 가는 게 쉬운 일은 아냐. 현실이 끔찍하다 하더라도 다른 세계는 더 끔찍할 수 있거든. 사람들은 대부분 그 위험을 감수하고 싶어 하지 않아. 그리고 네 말대로 아무때나 일어나는 일도 아냐. 어떤 확실한 조건이 맞아떨어져야 책 밖으로 나갈 수 있어. 최소한 벗어날 수 있다는 걸 믿어야 하지. 솔직히 말하자면 정확한 조건은 나도 잘 몰라."

아저씨가 머그잔을 빙빙 돌려 바닥에 남은 찻잎을 모았다.

"가끔은 내가 그저 미친 걸까 하는 생각이 들어. 이제는 모든 것이 너무 멀게만 느껴져."

'제발 미친 게 아니길.'

올렉이 마음속으로 빌었다.

"우리 엄마가 아저씨를 기억해요. 오빠도요. 엄마가 우리 나이였을 때도 아저씨는 지금과 같은 모습이었대요. 이해가 되지 않아요. 말이 안 되잖아요."

엠마가 말했다.

"대부분의 사람들은 더 행복해지기 위해 뜻밖의 행운이 필요하다고 생각해. 문제는 그 뜻밖의 행운이라는 것이 언제 어디서 올지 아무도 모른다는 거야. 게다가 불운 역시 마찬가지지. 하지만 생각해보면 뜻밖의 일이 아닌 게 별로 없어. 인생에서 우리 뜻대로 시작된 일은 거의 없다는 얘기야. 부잣집에서 태어나든 가난한 집에서 태어나든 키가 크든 작든 귀가 크든 코가 뭉툭하든 자기가 원하는 바와는 상관없지. 이건 말이 되니?"

아이들은 아저씨를 멍하게 바라보았다.

"괜찮으신 거죠?"

엠마가 물었다.

"그럼, 괜찮고말고. 미안하구나. 어젯밤에 잠을 잘 못 자서 통 정신이 없어. 자, 이제 출발하자. 거의 다 왔어. 그리고 너희는 긴 하루를 보내게 될 거다."

세 사람은 머그잔을 비우고 포갰다.

올렉과 엠마는 마지막으로 꽁꽁 언 여자 눈사람들을 한번 보고는 차에 올랐다.

빗방울이 나뭇잎 끝에서 똑똑 떨어졌다.

나뭇가지에서 새 소리가 울려 퍼졌다.

콩벌레가 썩은 나무 밑동 속을 휘젓고 다녔다.

27

목적지는 멀지 않았다. 다시 한번 큰 길을 벗어나 점점 좁아지는 길을 연달아 달렸다. 좁은 길은 노란 유채꽃 밭으로 이어졌다. 어찌된 일인지 유채꽃 들판에만 눈이 내리지 않았다. 차는 넓은 골짜기가 내려다보이는 언덕으로 올라갔다.

언덕 꼭대기에서 그곳이 보였다.

높고 낮은 회색 건물이 가득한 마을. 높은 철조망으로 둘러싸인 마을.

마을은 생기가 전혀 없었다. 눈조차도 이 마을에는 내려앉고 싶지 않은 것 같았다.

아저씨가 언덕의 황량한 바위 지대 옆에 차를 세웠다. 건물 사이를 오가는 전동 카트와 몸집이 작은 사람들이 보였다. 철조망 아래 거대한 문이 쾅 소리를 내면서 열리자 트럭이 줄지어 들어갔다. 트럭에 무엇이 실렸는지는 알 수 없었다.

"난 여기서 돌아갈 거야."

아저씨가 운전대를 쳤다.

"안 돼요."

올렉과 엠마는 짐차에서 엉덩이를 꼭 붙이고 일어나지 않았다.

"왜 안 된다는 거냐?"

"조금만 더 같이 가주시면 안 돼요?"

"더 이상은 위험해. 잡히지 않고 여기까지 온 것만도 행운이야. 너희들은 괜찮아. 그들은 너희를 이곳에 가두지 않을 거야."

올렉과 엠마는 더 이상 아저씨를 붙잡을 수 없었다. 둘은 차에서 내렸다.

"행운을 빈다. 온 우주가 너희를 보살필 거다."

아저씨가 모자를 들어 인사했다.

제설차는 곧 산 너머로 사라졌다.

★

엠마와 올렉은 언덕에 앉아서 한 시간 동안 어떻게 철조망을 통과해 마을로 들어갈 지 의논했다.

엠마는 다른 트럭이 올 때까지 기다렸다가 트럭 뒤에 몰래 올라타자고 말했다. 하지만 다른 트럭은 영원히 안 올 수도 있었다.

올렉은 변장을 한 후 들어가게 해달라고 하자고 말했다. 하지만 누구로 변장해야 할지 알 수 없었다.

결국 둘은 세바스찬의 가방의 도움을 받기로 했다. 가방에서 나온 것은 치킨 너겟이나 자잘한 간식이나 케이크 같은 것이 아니었다. 리모컨처럼 생긴 물건이었다. 아랫부분에는 희미하게 그림이 그려져 있었다. 하나는 핫도그, 다른 하나는 웃고 있는 양 두 마리였다.

엠마가 리모컨을 귀 옆에 대고 흔들었다. 아무 소리도 나지 않았다.

"이게 도대체 뭘까?"

"모르겠어. 위험한 물건일 수도 있으니 그냥 다시 넣자."

올렉은 이미 겁먹은 표정이었다.

"위험한 물건? 네가 상상하는 가장 위험한 상황은 뭔데?"

"폭발?"

"이렇게 버튼을 누르면 폭발할까?"

엠마가 리모컨을 앞으로 내밀어 첫 번째 버튼을 눌렀다.

올렉이 비명을 질렀다.

아무 일도 일어나지 않았다.

"그냥 고물인가봐."

올렉이 가슴을 쓸어내렸다.

"아니, 그렇지 않은 것 같아."

엠마가 올렉의 어깨 너머를 가리키며 씩 웃었다. 올렉이 뒤를 돌아보았다. 등 뒤에 세바스찬의 우주선이 서 있었다. 파란 불빛이 우주선을 감싸고 한쪽 귀퉁이에선 연기 한 자락이 피어올랐다.

"멋진데?"

엠마가 말했다.

"우주선이 도움이 될까?"

올렉의 말에 엠마가 눈썹을 치켜올렸다.

"그래, 한번 들어가 보자."

올렉이 항복하듯 손을 들었다.

엠마가 우주선의 문을 열고 몸을 비집고 들어갔다.

"어서 와, 빨리."

엠마가 말했다.

올렉도 우주선에 올랐다.

세바스찬의 우주선은 아늑했다. 안락의자 두 개와 벽을 가득 채운 지도, 컴퓨터 화면에는 도표가 띄워져 있었다. 전자레인지와 다리가 달린 욕조와 미끄럼틀, 스크린, 정체를 알 수 없는 물건도 있었다.

"욕조가 왜 있는 거지? 원래 우주선에 욕조도 있나?"

올렉이 속삭였다.

"근데 왜 이렇게 작게 말하는 거야?"

엠마도 속삭였다.

"나도 몰라."

올렉이 또다시 속삭였다.

"소행성 9000호에 탑승하신 것을 환영합니다. 당신만을 위한 넘버원 은하계 여행의 동반자 소행성 9000호가 원하시는 곳까지 안전하게 모시겠습니다. 오늘은 어디로 모실까요?"

우주선 제어장치가 켜졌다.

올렉과 엠마는 화들짝 놀랐다.

"어… 아주 가까운 곳도 갈 수 있어?"

올렉이 말했다.

"말씀만 하세요."

"언덕 아래 저 무시무시한 마을로 가줘. 단 아무에게도 들켜선 안 돼."

엠마가 말했다.

제어장치에서 삐빅 삐빅 소리가 났다.

"120미터 아래 정체불명의 아홉 개의 건물 복합 단지가 레이더망에 포착되었습니다. 조금 더 정확하게 목적지를 설정하시겠습니까?"

"우리도 정확히 어떤 건물로 가야할지 모르겠어. 그냥 제일 가운데로 가줘."

"목적지를 복합 단지 중앙으로 다시 설정했습니다. 이동 중에는 자리에서 일어나지 마시고 항상 손과 발을 몸에 붙여주십시오. 간식은 언제든지 요청하시면 제공해드리겠습니다. 이륙과 착륙 시에는 화장실 사용을 삼가주십시오. 그럼 즐거운 비행되십시오."

우주선이 로켓처럼 솟아올랐다.

올렉과 엠마는 의자 뒤로 몸이 쏠렸다. 보이지 않는 손이 얼굴을 잡아당기는 것 같았다. 엠마는 속이 울렁거렸다. 올렉은 머리가 지끈거렸다.

우주선이 하늘로 올라갔다.

그리고 한 바퀴 돌았다.

옆으로도 굴렀다.

조금 아래로 내려가는 거라고는 믿기지 않는 비행이었다. 올렉은 우주선이 목적지를 착각해 어느 먼 은하계로 가는 건 아닌지 걱정스러웠다.

우주선이 마침내 멈추었을 때, 아이들은 얼굴이 하얗게 질렸다. 엠마는 배를 움켜쥐었고 올렉은 귀를 틀어막았다.

"우리 우주선 소행성 9000호가 목적지에 안전하게 도착했습니다. 이제 우주선 밖으로 나가셔도 좋습니다. 곧 다시 만나기를 바랍니다. 안녕히 가십시오."

엠마가 우주선에서 껑충 뛰어내렸다. 올렉은 휘청거리며 뒤따라 내렸다. 고개를 드니 수많은 별들이 총총히 박힌 하늘이 끝없이 펼쳐져 있었다. 그동안 보았던 어떤 별보다도 선명하고 밝았다. 별들은 원을 그리며 움직였다. 손에 잡힐 듯이 가까이 보였다.

"세상에, 진짜 우주에 왔어."

올렉의 얼굴이 더 창백해졌다. 몸이 뜨기라도 하는 듯 팔을 내밀었다.

"우주가 아냐. 우리는 발을 딛고 서 있어. 우주에는 바닥이 없어. 우주는 그냥… 말 그대로 빈 공간이야."

엠마가 발을 굴렀다.

올렉이 멋쩍은 표정으로 팔을 내렸다.

"그럼 여긴 어디지?"

"천체투영관."

낯선 목소리가 들렸다.

아이들은 그 자리에 주저앉았다.

28

어둠 속에서 한 여자가 걸어 나왔다. 발을 내딛을 때마다 또각또각 소리가 났다. 여자는 긴 실험실 가운을 입고 있었다. 흰 가운에는 온갖 색깔의 얼룩이 묻어 있었다. 페인트 총알이 든 총으로 서바이벌 게임이라도 한 것 같았다. 머리카락은 삐죽빼죽했다. 누가 봐도 손에 잡히는 대로 마구 자른 모양새였다. (사실이었다.) 팔에는 글자와 방정식이 휘갈겨졌고 귀에는 몽당연필이 꽂혀 있었다.

"정확히 말하자면 상상계 연구소의 천체투영관이야. 하늘의 정확한 모형을 제공하는 곳이지. 걱정 마. 난 악당이 아니니까."

여자가 한쪽 눈을 찡긋 감았다.

"그럼 누구세요?"

아이들이 한 목소리로 물었다.

"과학자. 지난 십 년 동안 이곳에 갇혀 살았어. 엄밀히 말하면 서류 한 장에 서명을 하긴 했지. 뭐, 월급도 많이 받았고. 하지만 여긴 돈 쓸 데가 없어. 새로운 가운이나 주문할 수 있을 뿐. 내가 진짜 사고 싶었던 건 바퀴 달린 신발이었는데….”

과학자가 머리 위 별들의 길을 관찰하며 대답했다. 눈을 가늘게 뜨고 손가락으로 별들을 따라갔다.

“여기서 십 년이나 갇혀 있었다고요?”

엠마가 물었다.

“대략 그 정도. 혼자 쓰는 침실과 화장실은 있어. 밥을 가져다주고 빈 접시도 치워주지. 그렇게 끔찍한 곳은 아냐. 좀 외롭긴 하지만. 실은 좀 많이. 그래서 온갖 사람들을 다 만들어냈지. 너희가 내 첫 상상 친구는 아냐. 2주 전에는 고릴라 두 마리와 엄청난 모험을 떠났어.”

“우린 상상 친구가 아니에요. 고릴라도 아니고요. 그냥 아이들이에요.”

엠마가 말했다.

“어떻게 확신하지? 이것 아니면 저것이라고 단정하는 건 곤란해. 너희는 내 상상 속 어린이일 수도 있고 어린 고릴라일 수도 있는 거야.”

“글쎄요. 하지만 우린 아니에요.”

올렉이 억울한 표정으로 말했다.

“뭐, 그렇다고 치자.”

과학자가 한 발 내딛을 때마다 바닥에서 계단이 솟아올랐다. 과학자는 계단을 따라 공중으로 올라갔다. 높이 더 높이 올라가 별 근처까지 이르렀다. 돔의 가장 높은 곳에서 팔을 뻗어 별 하나에서 푸른 점까지 선을 그었다. 푸른 점은 어둠 속에서 팔딱팔딱 살아 숨 쉬는 듯 보였다.

과학자가 혼잣말을 내뱉더니 훌쩍 뛰어내렸다. 올렉과 엠마는 동시에 숨이 턱 막혔다. 바닥으로 떨어지기 직전에 바닥에서 로봇 팔이 튀어나와 과학자의 겨드랑이 아래를 받쳤다. 과학자는 바닥으로 천천히 내려왔다. 과학자의 태연한 표정에 아이들이 고개를 절레절레 흔들었다.

과학자가 바닥에 무릎을 꿇고 깜빡이는 스위치와 버튼이 가득한 제어판을 잡아당겼다. 그러고는 태블릿 컴퓨터에 복잡한 무늬를 그렸다. 로봇 팔은 과학자를 다시 높이 들어올렸다. 과학자는 별들의 움직임을 유심히 살폈다.

"죄송하지만 지금 뭐하시는 거예요?"

엠마가 물었다.

"행성과 소행성과 혜성의 위치를 관찰하고 있어. 지금 나란히 일직선위에 자리 잡고 있거든. 아주 중요한 시기야. 이 별들의 움직임은 소행성 B612와 관련이 있지. 18세기 프란츠 사베르 폰 잭 남작이 발견한 소행성이야. 신비한 암석으로 유명하지."

"이게 다 세바스찬과 무슨 상관이지?"

과학자의 말에 엠마와 올렉이 소곤거렸다.

"미안하지만 세바스찬은 처음 들어봐. 다른 종류의 소행성이니?"

"세바스찬은 소행성이 아니에요. 우리 친구예요. 아무것도 없는 데서 갑자기 나타났죠. 까마귀 가면을 쓴 사람들이 와서 세바스찬을 데리고 갔어요. 학교 경비 아저씨가 세바스찬이 여기에 있을 거라고 했고요."

"그렇구나. 아무것도 없는 데서 갑자기 나타났다고?"

과학자가 천천히 내려오며 물었다.

"실은 우리가 상상했어요. 그런데 진짜로 나타났죠. 우리가 여기 타고 온 우주선에서요. 학교에 있는 우리 아지트에 이 우주선을 타고 왔어요."

"이제 이해가 되네."

과학자가 고개를 끄덕였다.

"정말요?"

"소행성 B612는 자주 나타나지 않아. 언제 나타날지 알 수도 없지. 이 소행성을 포함한 몇 개의 별들이 나란히 일직선에 서면 소립자의 활동에 지장을 준단다. 지구상의 생명체에 예측할 수 없는 변화를 일으키지. 즉 B612는 불가능한 일이 일어나게 하는 능력이 있어."

"하지만 어떻게 그런 일이 있을 수 있죠?"

"우주가 어떻게 존재하게 되었지? 중요한 건 어떻게가 아니야. 우주가 존재하는 것이 사실이라는 거야. 믿을 수 없는 일들이 일어나는 시기가 있어. 대부분의 미스터리한 일들은 사실 사소하지. 주머니 속에서 생겨난 잔돈과 밤 사이 자라는 나무 같이.

때로는 사소하지 않은 일들도 있어. 하늘에서 물고기 떼가 떨어지거나 멍청이들이 거대한 나라를 다스리는 것처럼. 이런 미스터리한 일들을 사람들이 눈치 못 채도록 숨기거나 어떻게든 해명하는 게 날 고용한 자의 역할이야."

"왜죠? 왜 그런 일에 개입하는 거죠?"

올렉이 물었다.

"몇 가지 이유가 있어. 그런 일이 알려지면 사람들은 두려움에 사로잡히거나 혼란에 빠지거든. 결국 현실계를 순순히 받아들이지 않고 의심하게 될 가능성이 생기지. 일단 미스터리한 일이 한번 일어나면 더 많은 불가능한 일이 뒤따라 일어나. 상황은 점점 더 통제하기 어려워지지. 그들이 네 친구를 데려간 것도 그 때문일 거야."

엠마와 올렉은 저도 모르게 가까이 붙었다. 모든 게 어렴풋이 이해되기 시작했다. 염소와 눈사람, 마법 가방을 멘 소년…. 미스터리한 일 하나가 다른 미스터리한 일들을 불러들였다. 아직 불가능한 일이 더 남았을까?

"세바스찬을 이곳에서 빼낼 방법이 있을까요?"

올렉이 물었다.

"여길 봤을 거 아냐? 감시탑, 철조망, 경비견…. 그 아이를 찾아서 도망가는 것보다 더 좋은 계획이 필요할 거야."

"우리에게 우주선이 있어요."

"다행이구나. 게다가 아주 훌륭한 우주선이지. 천체투영관 저쪽 끝에 있는 문을 열면 중앙 복도가 나와. 복도 끝에서 왼쪽으로 꺾으면 유리 터널이지. 유리 터널의 끝까지 가서 이번에는 오른쪽으로 꺾으렴. 여러 개의 문이 보일 거야. 그 공간 중 하나에 네 친구가 있을 거다. 이곳의 모든 문의 암호는 2002야. 그들은 비밀번호 바꾸는 걸 세상에서 제일 귀찮아하지."

"모든 문의 암호를 알면서 왜 탈출하지 않는 거죠?"

올렉이 물었다.

"탈출이라는 것이 항상 벗어나는 것을 의미하지는 않는단다. 아, 잠시

만 기다려봐."

과학자가 바닥에 있는 문으로 사라지더니 잠시 후 하얀 실험실 가운을 들고 나타났다.

"이걸 입어. 그들이 가까이 다가오면 별 도움이 안 되겠지만, 멀리서는 그럭저럭 도움이 될 거야."

"고마워요."

엠마가 말했다.

"별 말씀을. 친구를 꼭 찾길 바란다. 하지만 명심해. 가까스로 탈출에 성공한다고 해도 모든 게 해피엔딩이라는 보장은 없어. 이곳은 철저하고 끈질기기로 악명 높거든. 네 친구가 현실계의 법칙을 계속 거스른다면 혼란스러운 일이 꼬리를 물고 벌어질 거야. 그럼 세상이 엉망진창이 될 지도 몰라. 게다가 그들이 네 친구를 또 다시 찾지 않으리란 법도 없지."

엠마는 전날 떠오른 생각을 계속 마음속으로 되뇌었다. 만일 그 생각대로 된다면 세바스찬은 더 이상 쫓기지 않아도 된다. 그들은 결코 세바스찬을 잡지 못 할 것이다.

"잘 될 거예요."

엠마가 말했다.

"아마도. 소행성이 지나갈 때까지는 무슨 일이든 일어날 수 있으니까."

29

어두운 천체투영관에서 복도로 향하는 문을 열자 강렬하게 밝은 빛이 쏟아져 들어왔다. 올렉과 엠마는 흰 가운의 소매로 눈을 가렸다. 눈이 환한 빛에 적응될 때까지 소매를 뗄 수 없었다.

"괜찮아?"

엠마가 물었다.

"괜찮아."

올렉이 말했다.

"선글라스를 가져왔어야 했어."

"아까 과학자의 말이 세바스찬이 이 세상에 있으면 세상이 끝날 수도 있다는 거야?"

올렉이 엠마의 어깨에 한쪽 손을 올리며 물었다.

"그런 것 같아. 하지만 나에게 생각이 있어. 세바스찬을 지키면서도 모든 것이 엉망진창이 되지 않도록 막을 방법."

"그게 뭔데?"

"여기서 나가면 말해줄게."

둘은 눈을 가렸던 손을 내렸다. 올렉이 두 팔로 우주선을 들었다. 골판지로 만든 우주선이라 생각보다 가벼웠다. 둘은 복도로 나갔다.

복도는 학교나 회사의 복도처럼 지루했다. 점토나 연필 냄새가 나는 것도 비슷했다.

올렉과 엠마는 살금살금 복도 끝까지 가서 과학자의 말대로 왼쪽으로 꺾었다. 투명한 유리 터널이 나왔다. 무성한 나뭇잎의 초록빛이 사방에서 쏟아져 들어왔다. 유리 터널의 천장 위로도 흔들리는 나무가 보였다.

터널 안은 후텁지근했다. 마치 정글 속을 걷는 것 같았다. 새가 깍깍 울고 풀벌레가 윙윙 날아다니며 찌르르 울었다.

올렉과 엠마 둘 다 말이 없었다. 옷이 땀에 젖어 점점 무거워졌다.

유리 터널의 끝에 다다랐을 때쯤에야 안도의 한숨을 내쉬었다. 눈앞에 갈색과 회색으로 칠해진 칙칙한 복도와 문들이 보였다. 올렉은 우주선을 내려놓고 이마에 줄줄 흐르는 땀을 닦았다.

"문을 다 열어봐야겠지?"

올렉이 말했다.

"응, 그래야지. 넌 저쪽을 살펴봐. 난 이쪽을 맡을게. 비밀번호는 2002야. 기억하지?"

둘은 흩어져서 문을 열기 시작했다.

올렉이 처음으로 들어간 방은 텅 비어있었다. 다만 푸른색 벽에 작은 고래 그림이 가득했다.

엠마가 처음으로 들어간 방에는 난파선 모양의 수족관이 있었다. 작은 은빛 물고기들이 화려한 무늬를 그리며 헤엄치고 있었다.

올렉의 다음 방은 튜더 왕조 시대의 옷이 입혀진 마네킹이 가득했다.

엠마의 다음 방은 고대 이집트 유물이 가득했다.

올렉이 그 다음 방을 열자 썰렁한 서커스장이 나왔다.

엠마가 그 다음 방을 열자 크리켓 경기장이 나왔다.

올렉과 엠마는 잠시 쉬었다. 우주선은 엠마가 들기로 했다.

"세바스찬이 여기 없으면 어떡하지? 만약 과학자가 잘못 안 거라면, 경비 아저씨 말이 틀렸다면 우리는 완전히 잘못 온 거잖아."

올렉이 말했다.

"그렇지 않아."

올렉의 생각이 틀리길 바라며 엠마는 다음 방의 비밀번호를 눌렀다.

문을 열자 세바스찬이 텅 빈 방에서 다리를 꼰 채 그림처럼 가만히 앉아 있었다. 창문이 없는 온통 새하얀 방이었다.

세바스찬이 고개를 들었다. 친구들을 보자 활짝 웃으며 자리에서 벌떡 일어섰다.

"너희구나! 너희가 올 줄 알았어. 날 잊지 않을 줄 알았어. 여긴 망각의 방이야. 까마귀들이 사람들의 기억에서 내가 사라질 거라고 위협했지만 난 믿지 않았어. 나에겐 너희들이 있고 아직 이렇게 살아있으니까."

세바스찬의 눈가에 눈물이 맺혔다.

"당연하지. 널 어떻게 잊겠어!"

올렉이 세바스찬에게 달려갔다. 의자 위에 덩그러니 놓인 세바스찬의 가방을 본 이후 올렉의 마음에는 돌덩이가 얹혀 있었다. 이제야 돌덩이가 치워진 기분이었다.

"어서 움직여야 해. 그렇지 않으면 세 번째 친구를 또 잃고 말 거야. 네 우주선을 들고 왔어."

엠마가 웃으며 우주선을 바닥에 내려놓았다.

"우주선을 어떻게 찾았어?"

세바스찬이 물었다.

"리모컨 버튼을 눌렀더니 우주선이 나타났어."

"아, 메가트론! 메가트론이 너희를 도왔구나. 난 아직 써보지 못 해서 메가트론의 기능을 잘 몰라. 혹시 별들과 연결되어 있어 버튼을 누르면 하늘에서 별이 떨어지는 건 아닐까 궁금했지."

세바스찬이 방을 힐끔 보더니 말을 이었다.

"어서 타자. 여긴 너무 조용해서 귀가 멍멍할 지경이야. 몸이 사라지는 느낌과 싸우느라 힘들었어."

셋은 앞다투어 우주선에 올랐다. 세바스찬과 엠마는 조종석에 앉았다. 올렉은 욕조에 누워 욕조 밖으로 다리를 툭 떨어뜨렸다. 세바스찬이 제어장치를 부드럽게 몸 쪽으로 끌어당기면서 스위치를 켰다.

"소행성 9000호, 여기는 세바스찬."

그때였다.

방의 문이 홱 열리더니 까마귀 군단이 쿵쾅거리며 들어왔다. 두꺼운 부츠의 굽 때문에 바닥이 쿵쿵 울렸다.

"이거 폭탄인가?"

"그들은 어디 있지?"

까마귀들의 목소리가 들렸다.

세바스찬이 게임을 하듯 미친 듯이 버튼을 눌렀다.

"소행성 9000호! 소행성 9000호! 내 말 들리니?"

"신호를 찾을 수 없습니다."

우주선은 꼼짝도 하지 않고 같은 말만 반복했다.

"소행성 9000호! 정신 차려! 자, 다시 한 번 해보자."

세바스찬이 속삭였다.

"지금은 신호를 찾을 수 없습니다. 신호를 찾을 수 없습니다."

"소행성 9000호, 조금만 더 힘을 내봐."

"신호를 찾을 수 없습니다."

우주선이 마치 한숨을 쉬듯 제어장치 구석에서 연기를 내뿜었다.

"뭐가 문제야? 왜 출발을 안 하지?"

엠마가 초조한 눈길로 세바스찬을 보았다.

"우주선이 고장났었잖아. 골치 아프군. 너희가 이 우주선을 출발시킨 건 기적이었어."

"그럼 이제 어떻게 하지? 고치는 방법 알아?"

올렉이 다급하게 소리쳤다.

"고치는 방법 같은 건 없어. 번개를 손보는 거나 다름없지. 우리가 할 수 있는 건 기다리는 일 뿐이야."

"영영 안 고쳐지면?"

"그럴 리 없어. 언젠가는 신호를 다시 찾아서 날아오를 거야. 당장 날지 못 한다고 해도 우주선은 재밌는 곳이야. 세상에서 가장 편안한 목욕을 할 수 있는 공간이지. 그리고….”

우주선의 정체를 알아챈 까마귀들이 쉰 목소리로 외쳤다.

“지금 당장 우주선 밖으로 나와. 순순히 나오지 않으면 우주선을 폭파시키겠다.”

“스스로 나가거나 끌려 나가거나 둘 중에 하나 선택해야 하는 거야? 참고로 난 끌려 나가는 건 별로야.”

세바스찬이 말했다.

“아님 폭발하거나. 폭발도 그다지 좋은 선택은 아니네.”

엠마가 말했다.

아이들은 하나씩 밖으로 나갔다.

“이 아이들을 어떻게 하죠?”

까마귀 하나가 말했다.

“일단 우주선을 압수하고 아이들은 망각의 방에 그대로 둬. 지금으로선 그게 최선이야. 대장이 밸리후에서 돌아오면 그때 아이들을 대장에게 데려가자고. 인간은 북쪽으로 보내야 할 거야. 상상 인간은 망각의 방에서 남은 분해 절차를 계속 진행해야겠지.”

“내 얘기 같아.”

세바스찬이 소곤거렸다.

까마귀 둘이 우주선을 들고 나갔다. 다른 까마귀들은 올렉과 엠마에게 주머니에 든 것을 다 꺼내라고 윽박질렀다. 휴대전화도 압수했다. 항의해도 소용없었다. 마지막 까마귀가 방을 나가며 문을 잠갔다. 아이들

셋만 덩그러니 하얀 방에 남았다.

"날 구하러 와줘서 고마웠어. 우리 헤어지더라도 날 잊지 말아줘. 너희들의 얼굴을 보는 순간 진짜 행복했어."

세바스찬이 말했다.

엠마가 바닥에 주저앉아 얼굴을 무릎에 파묻었다.

올렉은 주먹을 꼭 쥔 채 눈을 가렸다.

30

   아이들은 하얀 방에 우두커니 앉아 있었다. 시간이 흐르고, 흐르고, 흐르고 또 흘렀다. 시계도 창문도 없이 새하얀 조명만 종일 켜진 방에서는 아무도 시간을 알 수 없었다. 몇 시간이 지났는지 아니면 하루가 통째로 지나갔는지 알 방법이 없었다.

   엠마는 신발 뒤꿈치로 하얀 바닥을 긁어 시간을 기록해보려고 했다. 하지만 머지않아 바닥의 신발 자국은 모두 뒤섞이고 말았다. 엠마는 일초가 진짜 일초인지도 헷갈렸다.

   올렉과 엠마는 언제 다시 까마귀가 들이닥칠지 몰라 숨죽인 채 앉아 있었다. 세바스찬만이 팔을 흔들며 방을 뛰어다녔다.

   세바스찬이 다가와 게임을 하지 않겠냐고 물었다.

   "어떤 게임? 숨바꼭질?"

   올렉이 얼굴을 찌푸렸다.

   "아니면 단어 맞히기?"

엠마도 한숨을 쉬었다.

"좋은 생각이야. 숨바꼭질도 좋고 퀴즈 놀이도 좋아. 우물에 빠졌을 때가 생각나. 우물 속에서 난 우주를 만들었지. 말하는 말과 용, 해저도 시도. 누군가 날 구하러 올 동안 우주를 돌아다니며 탐험했어."

엠마와 올렉은 놀 기분이 전혀 아니었다.

잠시 후 세바스찬이 방의 한쪽 구석에서 이상한 행동을 했다. 몸을 구부렸다 빙빙 돌았다 팔딱 뛰었다가 앞으로 돌진했다. 키득키득 웃기도 했다.

"음, 세바스찬?"

올렉이 말했다.

"응?"

세바스찬이 팔을 흔들다 말고 대답했다.

"너 괜찮아?"

"춤을 만들고 있어. 우리가 여기까지 오게 된 이야기를 춤으로 만드는 거야. 지금은 송어 간질이기 부분이야."

세바스찬이 몸을 낮게 숙인 채 상상의 물고기를 간질이다 팔을 높이 들어올렸다.

"이번에는 까마귀 군단이 우리를 차로 미행하는 부분."

세바스찬이 뱅글뱅글 돌다가 펄쩍펄쩍 뛰었다.

"다음은 까마귀들이 교실로 몰래 들어와 날 데려가는 부분. 끔찍한 순간이었어."

세바스찬이 바닥에 털썩 주저앉아 안 보이는 사람들이 자기를 끌어당기는 것처럼 끌려가는 시늉을 했다.

"나도 같이 하자."

엠마가 자리에서 일어섰다.

복잡한 표정의 올렉도 주섬주섬 일어섰다.

한 시간이 지난 것 같다고 느껴질 무렵, 셋은 춤을 완성했다. 말도 안 되고 리듬도 없는 춤이지만 춤을 추는 동안 얼굴에 생기가 돌았다. 한바탕 춤을 춘 후 아이들은 바닥에 쓰러져 숨을 헐떡였다.

"너희들 춤에 재능이 있구나."

세바스찬이 누워서 손뼉을 쳤다.

"쟤 지금 우리 놀리는 거지?"

엠마가 올렉에게 소곤거렸다.

"그런 것 같아."

올렉이 고개를 끄덕였다.

"나에 대한 이야기를 써줘서 고마워. 네 친구가 떠난 건 안 된 일이지만."

세바스찬이 몸을 일으켜 앉았다.

"아냐, 넌 세라만큼 좋은 친구야. 아무리 세라 집에 벽난로가 있다고 해도 우리 셋처럼 재밌게 놀진 못 했을 거야."

엠마가 땀을 닦았다.

"너희들과 함께라면 도망치는 것도 재미있었어."

세바스찬이 웃었다.

"나도. 무서웠지만 그게 다는 아니었지. 무서운 건 그저 자연스러운 감정이니까."

올렉이 말했다.

"배고픔처럼?"

엠마가 배를 움켜쥐었다.

"비슷해."

올렉이 웃었다.

그때 문이 벌컥 열렸다. 까만색 옷을 빼입은 까마귀였다. 까마귀는 바닥에 기대 앉아 웃고 있는 아이들을 보고 흠칫 놀랐다.

"입 다물고 따라와."

까마귀가 말했다.

"우리 셋 다요?"

"그래, 너희 모두. 얼른 나와. 서둘러."

아이들은 터벅터벅 망각의 방에서 나왔다. 춤을 추며 발그스름해졌던 얼굴이 다시 창백해졌다.

"괜찮아. 괜찮을 거야."

올렉이 중얼거렸다.

복도는 어두컴컴했다. 어둠을 밝히는 건 벽에 붙은 조그맣고 둥근 등이 전부였다. 마치 밤 비행기를 탄 것 같았다.

아이들은 앞으로 어떤 일이 벌어질지 상상할 수 없었다.

올렉은 아빠가 아직 자기를 잊지 않았을지, 여전히 잠만 자는지 궁금했다. 다리에 난 초승달 모양 흉터를 손으로 쓸어내렸다. 만약 집으로 돌아가게 된다면 아빠를 깨우겠다고 다짐했다. 얼음물이 든 양동이를 아빠 머리에 뒤엎거나 소파에서 질질 끌어내리거나 뜨거운 커피를 입에 들이부어서라도.

올렉이 엠마의 손을 잡았다.

엠마도 엄마가 자기를 잊지 않았을지 궁금했다. 일 때문에 여전히 눈코 뜰 새 없이 바쁜지, 텔레비전을 가져갔던 무서운 아저씨들이 나타나 다른 물건을 또 가져가진 않았는지 걱정스러웠다.

까마귀의 걸음이 빨라서 아이들은 따라가느라 숨이 찼다.

복도는 또 다른 복도로 이어졌다. 끝이 없어 보이는 복도 중간에서 다른 까마귀가 나타났다.

"아이들을 어디로 데려가는 거지?"

까마귀는 쭈그리고 앉아 아이들을 자세히 살펴보았다. 두 개의 완벽하게 까만 눈동자가 가면 사이에서 빛났다. 입에서는 탄 계란 냄새가 새어나왔다.

"대장에게 가고 있어."

"대장은 진짜 인간만 원해. 상상에서 튀어나온 인간은 망각의 방에 계속 둬."

"대장이 생각을 바꿨어."

"확실해?"

"그럼, 확실하지."

까마귀와 아이들은 다른 까마귀가 지나가도록 몸을 벽 쪽으로 붙였다. 아이들을 데리고 나온 까마귀가 다시 움직였다.

"서둘러."

발자국 소리가 희미해지자 까마귀가 말했다.

"뭐라고요? 왜요?"

엠마가 어리둥절한 표정으로 물었다.

"묻지 말고 그냥 따라와! 뛰어!"

까마귀는 세바스찬과 엠마의 손을 잡았다. 엠마는 올렉의 손을 잡았다. 그들은 다같이 머리를 휘날리며 뛰었다. 복도에서 삐걱 소리가 났다. 아이들은 왜 까마귀가 손을 잡았는지, 뭐 때문에 갑자기 뛰는지 도무지 알 수 없었다.

까마귀가 문틈으로 들어갔다.

그들은 어두운 길을 따라 쏜살같이 달려 철제 계단을 내려가 좁은 굴로 들어갔다.

모퉁이를 돌았다.

또 다른 모퉁이를 돌았다.

우당탕탕 소리가 뒤에서 들려왔다.

"이쪽이야."

까마귀가 아이들을 창고로 홱 끌어당겼다.

낡은 대걸레가 더러운 물이 든 양동이에 꽂혔고 선반에는 못이 든 단지가 줄지어 놓여 있었다. 흰 쥐가 어두운 쥐구멍 밖으로 눈알을 이리저리 굴렸다.

까마귀가 가면을 벗었다.

과학자였다.

과학자가 머리를 흔들며 가죽 가면을 선반에 홱 던졌다.

"너희들이 진짜 인간이란 걸 뒤늦게 깨달았어. 천체투영관에 가득한 발자국을 발견했지. 상상 고릴라는 절대 발자국을 남기지 않거든."

"그럼 우리를 도와주려고 온 거예요?"

엠마가 물었다.

"내 도움 없이 이곳을 빠져나가긴 힘들어. 내 말을 믿어도 좋아. 나도 이제 나갈 때가 되었지."

"왜 갑자기 탈출하기로 마음먹은 거죠?"

"탈출하기 좋은 날이니까. 별들이 일렬로 선 불가능의 날. 이제 조용히 해. 그들이 여길 지나갈 거야. 너희들이 사라졌다는 걸 눈치 채고 모든 출구를 막을 거야."

까마귀 떼가 우르르 몰려가는 소리가 들렸다.

"이제 어떻게 할까요?"

까마귀 목소리였다.

"지하부터 꼭대기까지 모든 문을 봉쇄해. 아이들은 틀림없이 아직 여기 어딘가에 있을 거야. 우리가 녀석을 찾을 때까지 누구도 이 건물을 나가거나 들어올 수 없다. 알겠나?"

"알겠습니다."

까마귀 군단은 서로 다른 방향으로 흩어졌다.

"우리는 어떻게 하죠? 계속 이 창고에 있어야 해요?"

엠마가 물었다.

"아니면 긴 전쟁을 준비해야 할까요?"

세바스찬이 물었다.

"아니, 전쟁 같은 건 일어나지 않아."

"전쟁에 한번 나가보고 싶었는데…."

세바스찬의 목소리에 실망이 가득했다.

"얘는 한번 해보고 싶지 않은 게 없어요."

올렉이 세바스찬의 어깨를 두드렸다.

"안전한 길이 딱 하나 있어. 이곳의 높은 사람들조차 모르는 길이지. 정글로 가자."

"터널을 지날 때 보았어요. 그게 진짜 정글이에요?"

엠마가 물었다.

"그럼 진짜지. 30년 전부터 있었다고 들었어."

"그런데 어떻게 그 길을 알게 되었어요?"

"난 이곳에서 수많은 밤을 홀로 보냈어. 가끔 며칠씩 잠을 이루지 못했지. 이곳저곳 돌아다니는 것 말고는 할 수 있는 게 없었어. 그들은 불을 지르거나 동물을 풀어주지 않는 이상 날 내버려 두었지. 10년 동안 돌아다니면 비밀 통로 하나 정도는 알게 된단다."

"망각의 방과 나란히 있던 방에서 고대 이집트 유물 미라와 난파선 모양의 수족관을 봤어요."

"그래, 이곳은 리블강 북쪽에서 가장 큰 미스터리 저장소야. 거의 셀 수도 없을 만큼 기이한 것들이 가득하지."

"우리가 여기서 나갈 수 있을까요?"

엠마가 말했다.

"한번 해보자."

과학자가 주먹을 불끈 쥐었다.

31

과학자와 아이들은 어두운 복도를 조심스럽게 걸었다. 까마귀들의 발자국 소리에 온 신경을 집중했다. 머리 위에서 쿵쾅대는 소리와 발밑에서 부스럭대는 소리가 들렸지만 같은 층에서는 아무 소리도 들리지 않았다.

"이쪽이야."

과학자와 아이들은 곧 무너질 듯한 사다리에 올랐다. 사다리는 진짜 다리로 이어졌다. 다리 아래는 깜깜해서 뭐가 있는지 전혀 보이지 않았다. 올렉은 무엇이 있는지 생각하고 싶지도 않았다. 눈을 꼭 감고 휘청거리는 로프만 꼭 움켜쥐고 걸었다. 올렉은 머릿속으로 자기 방과 피스타치오 아이스크림을 떠올렸다. 둘 다 너무 아득하게 느껴졌다.

"거의 다 와가요?"

올렉이 떨리는 목소리로 물었다.

"그럴 리가."

과학자가 대답했다.

"다리를 거의 다 건넌 것 같은데요?"

"아직 갈 길이 멀어. 자, 잘 들어. 이제 까마귀들이 돌아다니는 층을 통과할 거야. 만약 우리가 흩어지게 되면 최선을 다해 정글이 보이는 유리 터널로 가. 가장 키가 큰 나무 바로 위에서 만나기로 하자."

"우리 절대 흩어지지 말자."

올렉이 말했다.

"세바스찬은 흩어져보고 싶을 걸."

엠마가 웃었다.

올렉이 엉겁결에 따라 웃었다. 세바스찬은 너무 크게 웃어 위험할 지경이었다. 과학자가 세바스찬에게 당장 팔을 물고 있으라고 핀잔을 주었다. 세바스찬은 눈물이 쏙 빠질 때까지 팔을 물었다.

길고 가파른 진흙투성이 비탈을 오르자 샤워실 같은 곳이 나왔다. 까마귀들이 더러워진 부츠를 깨끗한 신발로 갈아 신는 곳이었다. 문을 열자 또다시 지루한 복도가 나왔다.

첫 번째 복도를 까치발로 살금살금 지났다. 발소리가 날 만큼 빠르지도 않고 붙잡힐 만큼 느리지도 않게 걸었다. 모두의 신경은 온통 소리에 가 있었다. 자기 심장 박동 소리까지 들렸다.

과학자가 손을 들어 아이들을 멈춰 세웠다.

발소리가 들렸다.

과학자는 가장 가까운 방으로 아이들을 힘껏 밀어 넣었다.

돌로 된 방이었다. 끝이 안 보이는 천장에는 종유석이 매달렸고 바닥에서는 석순이 자랐다. 은은하게 반짝이는 맑은 물이 들이쳤다. 은빛 물고기도 보였다.

세바스찬이 벽에 가득한 빛나는 돌을 쓰다듬었다.

"아무것도 손대지 마."

과학자가 경고했다.

세바스찬은 바로 손을 주머니에 넣었다.

밖에 아무도 없다는 것을 확인하자마자 방에서 나와 복도를 따라 계속 내려갔다. 그 다음 모퉁이를 돌았을 때 아이들은 그 자리에 얼어붙고 말았다.

까마귀들이 그들을 기다리고 있었다. 두꺼운 지팡이를 들고 벽에 기댄 채 씩 웃었다. 까마귀들이 슬금슬금 다가왔다.

"도망쳐!"

과학자와 아이들은 달리기 시작했다.

하지만 까마귀는 그들 중 누구보다도 다리가 길었다.

올렉이 힐끔 뒤를 돌아보았다.

"올렉!"

엠마가 소리쳤다.

그때 까마귀의 손이 올렉의 어깨를 스쳤다. 손톱이 올렉의 목 뒤를 할퀴었다.

"도와줘!"

올렉이 비명을 질렀다.

과학자가 손가락을 입 양쪽에 끼워 넣어 귀가 찢어질 듯이 날카로운 호루라기 소리를 냈다.

"고개!"

과학자가 숨을 헐떡이며 외쳤다.

"고개요? 어디요?"

"아니, 숙이라고. 고개 숙여."

올렉이 바로 머리를 깊이 숙였다.

염소 한 마리가 반대편에서 믿을 수 없는 속도로 질주해왔다. 염소는 올렉 위로 몸을 날려 까마귀를 들이받았다. 까마귀가 발버둥치며 바닥에 나뒹굴었다.

"고마워!"

올렉이 계속 달리며 외쳤다. 염소는 우왕좌왕하는 까마귀 둘을 완전히 제압했다. 발굽으로 까마귀들의 가슴팍을 눌렀다. 까마귀들이 자리에서 일어나려고 할 때마다 염소는 사납게 콧김을 내뿜었다.

과학자와 아이들은 움푹 들어간 벽 앞에서 잠시 숨을 골랐다.

"염소가 어디서 나타난 거죠?"

올렉이 물었다.

"동물을 풀어주지 말라는 까마귀들의 명령을 순순히 들을 내가 아니지. 가둬도 되는 생명은 없거든. 갇힌다는 게 어떤 건지 나는 누구보다 잘 아니까."

과학자가 숨을 헉헉거렸다.

"염소는 우리 학교에도 나타났어요. 엘리사가 염소를 몰아서 선생님들을 창고에 가둔 덕분에 세바스찬을 지킬 수 있었죠. 아니 지킬 수 있을지 알았죠."

올렉이 믿기지 않는 얼굴로 말했다.

"그런 일은 충분히 일어날 수 있어. 믿을 수 없는 일이 믿을 수 없는 일을 부르거든. 전구를 발명한 것부터 달에 착륙한 것까지 다 같은 맥락이지."

과학자가 숨을 한번 내쉬고는 아이들을 똑바로 보았다.

"이제 좁은 터널을 통과할 거야. 그 어느 때보다 빨리 달려야 해. 달리고 달리고 또 달려. 끝이 보일 때까지 절대 멈춰선 안 돼. 터널을 통과하면 곧 정글이야. 알았지?"

올렉이 손을 뻗어 과학자의 이마를 톡톡 두드렸다.

"무슨 뜻이지?"

"행운을 빈다는 말이에요."

올렉이 수줍게 웃었다.

32

과학자가 맨 앞에 섰다.

세바스찬이 그 뒤에 붙었다.

올렉은 세바스찬 뒤에 섰다.

엠마가 가장 뒤에 자리를 잡았다.

터널의 저 멀리 보이는 끝에서 한 줄기 달빛이 새어 들어왔다. 모두 앞만 보고 달렸다.

엠마는 뒤처지지 않으려고 이를 악물었다. 그때 터널 옆에서 문이 확열렸다. 문 안에서 어둠에 반쯤 가려진 얼굴이 불쑥 튀어나왔다. 이가 누런 남자 얼굴이었다.

"정글 쪽은 위험해. 함정이 있어."

남자가 말했다.

"누구시죠?"

엠마가 자기도 모르게 물었다.

"나도 도망자야. 이쪽으로 가는 게 안전해. 문을 오래 열어둘 수 없어. 얼른 이쪽으로 들어와."

어둠 속에서 손짓을 하며 다급히 말했다.

엠마가 올렉과 세바스찬과 과학자를 불렀다. 하지만 큰 소리를 낼 수 없었다. 멀찌감치 앞서 가던 과학자는 엠마의 목소리를 듣지 못 하고 계속 달렸다.

"과학자는 걱정하지 마. 혼자라면 오히려 안전할 거야."

망설일 시간이 없었다. 엠마와 올렉과 세바스찬이 문으로 들어갔다.

뒤늦게 과학자가 뒤를 돌아보았지만 세 아이들은 이미 자취를 감춘 뒤였다.

문이 철커덩 닫혔다. 곧바로 축축한 돌 벽에서 밧줄이 튀어나와 아이들을 묶었다. 순식간에 일어난 일이어서 저항도 하지 못 했다.

초록색 대리석으로 지은 천장이 뾰족한 방이었다. 우뚝 솟은 벽 사이로 모든 소리가 메아리쳤다.

남자가 몸을 구부린 채 웃었다. 남자는 주머니가 툭 튀어나온 까만 조끼를 입고 무릎까지 오는 가죽 부츠를 신었다. 불도그처럼 두 뺨이 턱양끝까지 축 늘어져 있었다.

"너무 싱겁잖아. 이쪽으로 오라고 한다고 바로 쏙 들어오면 어떡해?"

남자가 킬킬거렸다.

"누구세요?"

엠마가 간신히 입을 뗐다.

"나는 상상계 연구소의 대장이야. 어이, 상상 인간. 어디로 도망치려고? 넌 내 눈 앞에서 한걸음도 달아날 수 없어. 절대 안 되지. 절대 허락 못 해."

남자가 세바스찬을 가리키며 뺨을 씰룩거렸다. 남자에게서 젖은 빨랫감 냄새가 풍겼다.

"대장이라고요?"

올렉은 서서히 최악의 상황이라는 것을 깨달았다.

"그래, 대장. 내가 대장이야. 나 아니면 누가 대장이겠냐? 너희들이 대장이겠냐?"

대장이 계속 낄낄거렸다.

"널 따라오라고 했잖아."

올렉이 엠마에게 속삭였다.

"저 아저씨가 정글에 함정이 있다고 했어. 자기도 도망자라고 했어."

"어떻게 그 말을 믿을 수 있어?"

"믿을 수밖에 없었어."

"우린 바로 저 사람에게서 도망치는 중이었어."

"조용히 해! 대장의 방에서 누가 입을 함부로 열어! 대장인 나도 조용히 하고 있잖아!"

대장이 소리를 질렀다.

하지만 흥분한 아이들은 대장의 말이 들리지 않았다.

"저 사람이 대장인지 알았니? 안전한 길을 안다고 했어."

엠마가 말했다.

"낯선 사람은 위험하다는 거 몰라? 어떻게 그렇게 쉽게 믿을 수 있어?"

"낯선 사람이라고 아무도 믿지 않는 것 보다는 나아."

"너희 둘 목소리가 너무 커."

세바스찬이 둘을 말렸다.

"그만! 그만! 그만해!"

대장이 고함을 빽 질렀다.

세 아이들은 입을 꾹 다물었다.

"왜 날 사라지게 하려는 거예요? 난 아저씨를 멍청이라고 부른 적도 없고 아저씨 구두에 햄을 넣어놓은 적도 없는데요."

세바스찬이 소리쳤다.

"넌 이 세상에 있으면 안 되니까. 네가 있으면 일어나서는 안 되는 일이 줄지어 일어난다고."

대장이 세바스찬에게 얼굴을 들이밀었다. 낡은 묘비처럼 잇몸에 기우뚱하게 난 누런 이가 드러났다.

"앞으로 일어날 일을 예측할 수 없다면 미래는 우리 손을 벗어나게 돼. 우리는 반드시 어떤 일이 닥칠지 알아야 해. 반드시. 네가 이 세상에 있는 한 우리는 앞날을 예측할 수 없을 거야. 그럼 미래를 대비할 수 없게 된다고."

"그냥 기다리면서 어떤 일이 일어나는지 보면 되잖아요."

올렉이 말했다. 올렉은 자신에게 놀랐다.

"이 세상을 끝내버릴 일이 일어나면?"

"그런 일이 일어나기는 쉽지 않아요. 안 좋은 일이 일어나면 그 다음에는 좋은 일이 일어나요. 좋은 일이 일어나면 안 좋은 일이 일어나기도 하고요. 어떤 일이 일어나면 그 다음에는….”

“입 닥치라고 했지!”

대장이 버럭 소리를 질렀다.

“세상은 그렇게 호락호락하지 않아! 아무튼 이게 내가 할 수 있는 최선이다.”

대장은 손가락을 입 양쪽에 넣어 입 호각을 날카롭게 불었다. 잠시 후 방은 까마귀 군단으로 가득 찼다.

“늘 그렇듯이 너희가 할 일을 또 내가 했어. 내가 했다고. 그래, 대장인 내가. 또 내가 했어!”

대장이 기침을 하며 식식거렸다.

“모두 가면 벗어. 벗어, 벗어, 다 벗어버려. 너희들의 멍청하고 한심한 얼굴이 온 천하에 드러나 봐야 정신을 차리지.”

까마귀들이 고개를 푹 숙이고 가면을 벗었다.

가면 뒤 얼굴은 특별하지 않았다. 주변에서 흔히 보이는 주근깨 가득한 얼굴, 점이 있는 얼굴, 흉터가 있는 얼굴, 잠을 못 자 푸석한 얼굴들이 아이들 앞에서 멋쩍어했다. 왼쪽 뺨에 치약이 묻은 얼굴과 수염이 까칠하게 난 얼굴도 셋이나 있었다.

올렉은 차에서 만났던 푸른 눈을 알아보았다. 실망스럽게도 지극히 평범한 얼굴이었다. 올렉은 무엇을 기대했던 걸까. 무시무시한 얼굴의 여자일 거라고 생각했지만 누군가의 엄마 같은 얼굴이었다. 금색으로 중간 중간 염색을 한 머리에 눈 화장을 했다. 이조차도 평범했다.

"그래, 너희들은 이 가면 뒤에 괴물이 숨었을 거라 생각했겠지. 아니면 짐승이나. 어쩌면 괴물이나 짐승이 이 일을 더 잘 해낼 거야. 한심하것들. 매년 나는 정부에 예산을 요청해. 하지만 그들은 늘 거절하지. 먼저 돈을 써야 하는 데가 있다고. 전쟁과 학교와 가로등과 ….."

대장이 연설을 시작했다.

올렉과 엠마는 듣지 않았다.

올렉이 엠마에게 몸을 기울여 눈사람의 눈을 아직 가지고 있냐고 물었다.

"그건 왜?"

엠마가 속삭였다.

"어쩌면 그 눈으로 눈사람이 이곳을 볼 수 있을지도 모르잖아. 우리를 구하러 올지도 모르지. 지금이 밤이라면 눈사람들은 숲을 떠날 준비가 되었을 거야."

올렉이 말했다.

"나무와 길과 강과 주차 단속원과…."

대장은 여전히 혼자 말하고 있었다.

엠마가 손을 주머니 쪽으로 힘겹게 조금씩 옮겼다. 마침내 주머니에 손을 넣을 수 있게 되자 눈사람의 눈을 꼭 쥐고 작은 조약돌이 기적을 일으키길 조용히 기도했다.

엠마가 바닥에 슬며시 조약돌을 떨어뜨렸다.

"경찰과 병원과 꽃밭과 청소부와…."

대장의 말은 계속되었다.

올렉과 엠마는 눈사람의 눈만 바라보았다. 조약돌은 잠시 떨리더니 한쪽으로 기우뚱하며 쓰러졌다.

"그냥 돌덩이로 변한 건 아니겠지?"

엠마가 소곤거렸다.

"잘 될 거야. 되어야만 해."

올렉은 이제 엠마보다 더 눈사람을 믿었다.

"그리고 소방관까지. 정부는 이런 데 예산을 다 써버려. 결국 우리에게 돌아오는 건 한푼도 없지. 그들에게 우린 안중에도 없어. 중요하지 않다고 생각해. 하지만 우린 이 나라의 비밀 정보를 다루는 부서 중에서 가장 중요한 연구소야. 질서와 무질서 사이에 있는 것들이 우리 손에 달렸어. 만약 우리 연구소가 없다면…."

그 순간 벽에 금이 가더니 순식간에 두 동강이 났다.

33

벽을 들이받은 적들은 대장이 이전에 본 어떤 적과도 달랐다.

도무지 믿을 수 없는 일이었다.

한마디로 불가능한 일이었다.

동물원의 모든 동물들이 출동했다. 동물의 등에는 여자 눈사람들이 타고 있었다. 코뿔소와 코끼리, 사자, 호랑이, 기린과 염소도 있었다. 여자 눈사람들은 몹시 화가 난 얼굴로 나뭇가지 팔을 휘둘렀다.

가장 앞에 눈이 하나인 여자 눈사람이 있었다. 무시무시한 엄니가 삐죽 튀어나온 털북숭이 멧돼지의 등에 타고 있었다.

까마귀들은 달달 떨기 시작했다. 가면을 쓰지 않은 그들은 평범한 사람일 뿐이었다. 사납게 날뛰는 동물과 여자 눈사람 무리를 사람이 무엇으로 맞서겠는가.

"저들을 꼼짝 못 하게 붙잡아!"

외눈박이 여자 눈사람이 명령했다.

이 믿을 수 없는 적들이 까마귀 앞으로 돌격했다.

"멈춰, 멈춰, 멈춰! 나는 대장이야. 자, 대장이 명령한다. 그 자리에 멈춰. 내가 대장…."

대장이 푸른 눈 까마귀 뒤에서 몸을 웅크린 채 외쳤다.

회색곰이 대장의 어깨에 앞발을 얹더니 대장을 바닥에 내팽개쳤다. 회색곰 등에 탄 여자 눈사람은 한번만 더 입을 열었다간 회색곰에게 잡혀먹을 줄 알라고 윽박질렀다.

한바탕 소동이 일어난 사이 과학자가 도착했다. 과학자는 아이들 몸에 묶인 밧줄을 풀었다.

"어떻게 까마귀 대장을 따라갔니?"

과학자가 믿을 수 없다는 표정으로 고개를 저었다.

"전 정말 몰랐어요."

엠마가 부루퉁하게 말했다.

"시간이 얼마 없어. 어서 가자."

과학자가 세 아이를 묶은 밧줄을 다 풀었다.

엠마가 몸을 구부려 조약돌 눈을 주워 여자 눈사람에게 휙 던졌다. 여자 눈사람은 눈을 뒤통수에 박았다.

"고마워."

엠마가 소리 없이 입모양으로 말했다.

여자 눈사람이 나뭇가지 팔을 씰룩거렸다.

34

아이들과 과학자는 방을 빠져나와 유리 터널로 향했다. 정글의 짙은 초록빛이 터널 안에 가득했다.

터널 중간에서 과학자가 멈췄다. 과학자는 쭈그리고 앉아 좁쌀만한 나사를 찾기 시작했다. 주머니에서 작은 드라이버를 꺼내 나사를 풀었다. 유리 바닥에 한 사람이 겨우 빠져나갈 만한 너비의 공간이 생겼다.

"자, 이리로 내려가."

아이들과 과학자는 정글로 살금살금 기어 내려갔다.

정글은 몹시 후텁지근했다.

썩은 나무와 굽이치는 물결과 야생 동물의 냄새가 진동했다. 오래된 나무들은 두꺼운 뿌리가 얽혀 있었다. 눈이 닿는 모든 곳이 이끼로 덮여 있었다. 올렉은 곤충이 눈에 들어오기 시작했다. 언젠가 다큐멘터리에서 보았던 금나비가 보였다. 잔뜩 긴장했던 마음이 호기심으로 바뀌었다. 올렉은 정글에서 오래 머물고 싶었다. 수많은 곤충을 모두 관찰하고 싶었다.

과학자가 말한 엄청나게 키가 큰 나무가 보였다. 전봇대만큼 두꺼운 가지가 땅을 향해 뻗어 있었다. 가지에는 새들이 잔뜩 앉았다.

과학자와 아이들은 바위투성이 울퉁불퉁한 길을 걸었다. 땅을 뚫고 솟아오른 두꺼운 뿌리와 곳곳에 뒹구는 통나무, 이끼로 뒤덮여 미끄러운 바위 위를 힘겹게 지나갔다.

올렉은 곤충에 정신이 팔려 자꾸 뒤처졌다. 엠마와 세바스찬은 계속 올렉을 불러야 했다. 올렉은 덤불 사이에 반짝이는 푸른 거미줄 곁에서 일 분이나 서 있었다. 다이아몬드 같은 눈을 가진 털북숭이 거미가 슬금슬금 거미줄 위를 기어 다니며 올렉을 보았다.

"올렉, 그만 가자."

엠마가 외쳤다.

가장 키가 큰 나무까지 가는 길은 예상보다 멀고 험했다. 길다운 길이 없었다. 덤불이 덜 무성한 길이 있을 뿐이었다. 낙엽이 수북하게 덮인 도랑도 건너야 했다. 폭이 넓은 강물은 나무 넝쿨을 잡고 몸을 날려서 건넜다.

마침내 나무가 가까워오자 거대한 나무집이 서서히 모습을 드러냈다. 아이들은 입이 떡 벌어졌다. 가지에는 종이 이파리가 매달려 있었다. 할머니의 타자기에서 본 크기의 종이였다.

"이제 어떻게 하죠? 이렇게 큰 나무는 처음 봐요."

엠마가 말했다.

"저기로 들어가자."

과학자가 커다란 뿌리가 둥글게 솟아나와 만들어진 동굴 같은 곳을 가리켰다.

안쪽에 땅으로 향하는 계단이 있었다. 울퉁불퉁한 계단은 딱딱한 밀랍으로 덮였고 군데군데 촛불이 길을 밝혔다. 아이들과 과학자는 줄지어 계단을 따라 내려갔다.

구불구불한 계단을 내려가는 동안 물 흐르는 소리가 들렸다. 정글의 후텁지근한 열기가 식으면서 공기는 점점 쌀쌀해졌다. 그림자가 벽을 따라 춤췄다.

어디선가 빛이 비치기 시작했다.

계단은 물길이 시작되는 지점에서 끝났다. 작은 나무배가 쇠고리에 묶여 있었다. 배는 물 위에서 부드럽게 흔들렸다. 뒤편에는 노가 두 개 걸쳐져 있었고 중앙에는 피크닉 바구니와 보드라운 담요가 놓여 있었다.

"자, 어서 타자."

과학자가 말했다.

"우리는 어디로 가게 될까요?"

올렉이 물었다.

"나도 몰라. 하지만 이곳과는 분명 다른 곳일 거야."

배가 기울지 않게 한 사람씩 조심히 올라탔다.

과학자와 아이들은 앞 사람의 등에 무릎을 대고 앉았다. 배 안은 꽤 아늑했다. 과학자가 피크닉 바구니를 열어 차가 든 보온병을 꺼냈다. 따뜻한 차를 따라 아이들에게 나눠주었다. 노를 저을 필요는 없었다. 부드러운 물살에 배가 저절로 둥실둥실 흘러갔다.

아이들과 과학자는 우중충한 마을과 가면 쓴 수호자들을 유유히 벗어 났다.

잼을 바른 샌드위치를 먹고 차를 마신 후 담요로 무릎을 덮었다. 곧 물의 고요한 리듬에 아이들은 잠이 들었다.

몇 시간 후, 엠마가 눈을 부스스하게 떴다. 옅은 초승달이 보였다. 하늘에는 별이 총총했다.

엠마가 올렉을 흔들어 깨웠다.

"거의 다 온 것 같아. 어딘지는 몰라도."

올렉이 눈을 껌뻑이며 초승달을 보았다. 흉터를 손으로 매만졌다. 익숙한 공기가 느껴졌다. 더 이상 아빠가 잠만 자게 놔두지 않겠다고 한 다짐도 떠올렸다.

들판이 보였다. 달빛이 들판을 비추었다. 부드러운 바람에 들판의 풀들이 물결처럼 넘실거렸다.

마침내 배가 갈대밭 사이에 멈추었다.

강기슭 위에 커다란 제설차가 보였다.

"드디어 왔구나. 기다리고 있었다."

경비 아저씨가 손을 뻗어 아이들을 끌어올렸다.

35

제설차가 고속도로를 우르릉 소리를 내며 달렸다. 과학자는 경비 아저씨 뒷자리에 앉아 아저씨의 허리를 잡았다. 올렉과 엠마와 세바스찬은 짐차에서 담요를 덮고 옹기종기 앉았다. 아이들은 입을 모아 어떻게 배가 도착할 곳을 알았냐고 물었다.

"그런 느낌이 있었어."

아저씨가 한 대답의 전부였다.

밤이었지만 잠드는 사람은 아무도 없었다.

아이들은 교대로 자리에서 일어서서 얼굴에 스치는 바람을 느꼈다. 환한 가로등을 눈부시게 바라보고 반대편에서 달려오는 차들의 굉음에도 귀를 열었다.

까마귀들이 언제 다시 쫓아올지 모르지만 일단 휴게소부터 들렀다. 모두 밀크셰이크와 햄버거를 하나씩 주문했다. 과학자는 밀크셰이크 세개와 더블치즈버거 세 개를 주문했다.

"왜? 통조림이 아닌 음식을 먹어본 지 너무 오래 되었단 말이야."

과학자가 한쪽 눈을 찡긋 감았다.

휴게소에 사람이라곤 지친 종업원과 세바스찬 일행뿐이었다. 일행은 다 같이 플라스틱 테이블에 모여앉아 손에 묻은 기름기를 닦아가며 밀크셰이크를 죽 빨아먹었다.

"우리 꼭 가족 같아요. 온갖 모험으로 가득찬 짜릿한 여행을 마치고 돌아온 가족."

세바스찬이 활짝 웃었다.

경비 아저씨의 얼굴이 붉어졌다.

과학자는 웃음을 터뜨렸다.

올렉은 아빠를 떠올렸다. 악몽에 뒤척이는 것은 아닐까. 크리스마스가 코앞인 것을 알고 있을까? 신경이나 쓰고 있을까?

"여자 눈사람들은 어떻게 되었을까요? 설마 녹지는 않았겠죠?"

엠마가 물었다.

"싸움이 끝나자마자 여자 눈사람들은 북극을 향해 다시 길을 나섰을 거야. 녹지 않고 계속 살 수 있는 곳. 하지만 북극까지 갈 수 있을지는 나도 모르겠어. 그래도 눈 덮인 스코틀랜드 산 꼭대기에는 갈 수 있을 거야."

과학자가 말했다.

"저도 그러기를 바라요."

엠마가 말했다.

"저도요."

올렉도 고개를 끄덕였다.

경비 아저씨가 마지막 감자튀김을 입에 털어 넣고 트림을 했다.

"자, 이제 앞으로 또 어떤 일이 벌어질까? 이 친구가 걱정이군."

아저씨가 세바스찬을 보며 말했다.

"저, 소행성과 별들이 일렬로 머무는 시간이 얼마나 남았을까요?"

엠마가 진지하게 물었다.

과학자가 채 밖으로 달려 나갔다. 아이들과 경비 아저씨도 따라 나갔다. 과학자는 주차장 가운데 서서 고개를 뒤로 젖혀 하늘을 유심히 보았다. 한 손을 직각으로 만들어 눈 가까이 붙였다. 눈을 가늘게 뜨고 왼쪽 팔에 무엇인가 끼적이며 계산했다.

"몇 시간 정도. 그 후에 소행성은 다시 우주로 자기 길을 갈 거야. 물론 다시 지구 곁으로 돌아오겠지. 그 시간을 정확히 예측하긴 힘들지만."

"저, 만약 사람이 이야기 속에서 나올 수 있다면 이야기 속으로 들어갈 수도 있지 않을까요?"

엠마가 며칠 동안 마음속에 간직해 온 이야기를 꺼냈다.

"올렉의 할머니는 작가예요. 할머니가 세바스찬을 위한 세상을 만들 수 있지 않을까요? 세바스찬에게는 우주선이 있으니까 어디든 갈 수 있을 거예요. 책 속으로도요. 그럼 까마귀들은 더 이상 세바스찬을 찾을 수 없겠죠. 세바스찬은 할머니의 도움으로 무엇이든 하고 싶은 걸 하며 지낼 수 있을 테고요."

모두 생각에 잠겼다.

"영리한 아이구나. 이야기 속으로 들어간다면 그들은 절대 세바스찬을 찾지 못 해. 여기 있는 우리 모두보다 세바스찬이 더 안전할 거야."

과학자가 엠마의 머리를 쓰다듬었다.

"멋지다. 난 항상 이야기 속을 탐험하고 싶었어."

세바스찬이 말했다.

"할머니가 하실 수 있을 것 같니?"

경비 아저씨가 올렉에게 물었다.

"모르겠어요. 할머니는 늘 결말을 못 맺어서 골치 아파하거든요. 하지만 이번에는 좀 다를지도 모르죠. 할머니가 쓰기로 하신다면 아마 모든 게 일사천리로 진행될 거예요. 아빠가 그러는데 할머니는 커피만 충분하다면 하룻밤에도 책 한 권을 뚝딱 써낼 수 있대요."

"자, 그럼 이제 다시 출발하자."

모두 제설차에 올랐다. 제설차는 밤새 마을을 향해 달렸다.

36

　동이 터 올 때쯤 제설차가 올렉의 집 앞에 도착했다. 하늘의 끄트머리
가 파랗게 물들었다. 차갑던 공기도 조금씩 온기를 되찾았다. 길가에 쌓
인 눈더미가 녹고 있었다. 크리스마스 이브였다. 동네 아이들은 저마다
전동 스쿠터며 휴대전화를 선물 받는 꿈을 꾸고 있었다.

　올렉이 앞장서서 집으로 들어갔다.

　평소처럼 아빠는 소파에 누워 낡은 담요를 둘둘 말고 잠들어 있었다.

　또 평소와 다름없이 타자기 자판을 두드리는 소리가 위층에서 울려
퍼졌다.

　올렉이 사다리를 타고 다락방으로 올라가 문을 두드렸다.

　"할머니? 방에 계세요?"

　"올렉? 너냐? 어디 갔다 왔냐? 배고파서 혼났어. 피자가 먹고 싶었다
고."

　"미안해요, 할머니. 일이 좀 있었어요. 할머니의 도움이 필요해요. 친

구들을 다락방으로 데려와도 될까요?"

갑자기 다락방이 우당탕탕 소란스러워졌다. 올렉은 할머니가 반쯤 쓴 이야기들을 숨기는 소리라는 것을 알았다. 할머니는 완성하기 전에는 절대 글을 보여주지 않았다. 언젠가부터 할머니가 쓴 글을 본 사람은 아무도 없었다.

"데리고 오렴."

할머니가 말했다.

잠시 후 경비 아저씨와 과학자 그리고 올렉의 친구들이 발 디딜 틈 없이 복잡한 다락방에 주뼛주뼛 들어갔다. 아저씨와 과학자는 쭈그리고 앉았다. 엠마는 오래된 트럼본 가방에 몸을 비스듬히 기댔다. 아저씨가 머리에서 거미줄을 연신 떼어냈다. 과학자는 외투에 붙은 딱정벌레를 떨어냈다.

"오랜만에 이렇게 많은 손님이 찾아왔군요."

할머니가 폴란드어로 말했다. 올렉에게 통역을 부탁했다. 올렉이 할머니의 말을 전하자 모두 공손히 고개를 끄덕였다.

할머니가 주전자에 물을 올렸다. 잠시 후, 세바스찬에게 손짓했다.

"정말 신기하구나. 아무것도 없는 데서 나타난 아이라고는 믿기지 않아."

할머니가 세바스찬의 얼굴을 가까이 들여다보았다.

"고맙습니다. 가끔 저도 이 세상에 대해 비슷한 생각을 해요."

세바스찬이 폴란드어로 답했다.

"폴란드어를 할 줄 아니?"

"세바스찬은 못 하는 게 없어요. 치킨 너겟을 만들어내는 가방도 있는 걸요."

올렉이 말했다.

"물고기를 웃게 할 수도 있어요."

엠마가 덧붙였다.

"춤도 잘 춰요."

"수학 천재기도 하고요."

세바스찬의 볼이 발그스름해졌다.

모두 차를 한 잔씩 들고 종이 더미 사이에서 자리를 잡았다. 올렉이 할머니에게 그동안의 일을 모두 들려주었다. 할머니는 얼굴이 점점 환해졌다. 마치 그런 일이 일어나길 오랫동안 기다려온 사람 같았다. 할머니는 내내 고개를 끄덕였다.

"세바스찬은 쫓기고 있어요. 언제 다시 까마귀 떼가 찾아올지 모르거든요. 이 세상에 있어서는 안 되는 아이라는 이유로요. 만약 할머니가 세바스찬을 위한 이야기를 써준다면 세바스찬은 안전할 거예요. 우리는 언제든지 그 이야기를 읽으며 세바스찬을 만날 수 있을 거고요."

할머니가 생각에 잠겼다.

생각하고 또 생각했다.

차를 한 잔 더 따라 마셨다.

잠자코 조금 더 생각했다.

"좋아, 하지만 쉽지 않을 거야. 세바스찬이 힘들어 질지도 몰라."

할머니가 말했다.

"저는 힘든 일에 익숙해요. 힘든 일은 늘 있었죠. 전 힘들 때 어떻게 해야 하는지 알아요."

세바스찬이 말했다.

"그런데 궁금한 게 있어요. 만약 그들이 상상 세계에서 현실 세계로 옮겨온 사람을 찾고 있다면 왜 경비 아저씨는 무사한 거죠? 아저씨도 책에서 나왔다고 했잖아요."

올렉이 과학자를 보았다.

"좋은 질문이야. 내가 알기로 아저씨는 세상에 너무 오랫동안 숨어 있어서 많은 아이들에게 진짜 같은 존재로 받아들여졌어. 그래서 이 세상이 아저씨를 세상의 일부로 만든 거야."

과학자가 말했다.

모두 고개를 갸웃거렸다.

"처음에는 많은 사람들이 돈은 종잇조각에 불과하다고 생각했어. 하지만 점점 돈에 힘이 있다고 믿기 시작했지. 그러면서 돈은 진짜 힘을 갖게 된 거야. 우리가 무엇을 믿을 때 그것은 힘을 얻게 돼. 그리고 좋든 싫든 그 힘은 세상에 퍼져나가지."

올렉이 고개를 끄덕였다.

"자, 그럼 작별 인사를 할 수 있도록 우리는 자리를 비켜줄게."

과학자와 경비 아저씨가 세바스찬을 안아준 뒤 다락방에서 내려왔다.

아이들은 머뭇거렸다.

"난 언제까지나 책 속에 있을 거야. 언제까지나."

세바스찬의 아랫입술이 떨렸다. 손에는 힘이 들어갔다. 올렉과 엠마는 세바스찬이 긴장하는 모습을 처음 보았다.

"올렉의 할머니 책 속에서 마음껏 물고기 간질이기도 하고 모험도 할 수 있을 거야."

엠마도 목소리가 떨렸다.

"나무집에서도 살 수 있을까?"

세바스찬이 물었다.

"물론이지."

"여러 그루의 나무에 연결된 멋진 나무집이겠지? 체스를 할 수 있는 원숭이도 있겠지?"

"네가 원한다면."

"책 속에서 너희들과 그 대머리 선생님이 있는 학교를 다닌다면 우린 계속 같이 놀 수 있겠다."

"할머니가 그렇게 해주실 거야."

"날 잊지 않을 거지?"

"그럼, 절대로."

엠마와 올렉이 차례로 세바스찬의 이마를 두 번 톡톡 두드렸다.

"아래층에서 기다리고 있을게."

올렉이 티셔츠를 얼굴 위로 끌어올려 눈을 가렸다.

"꼭 다시 만나자."

엠마가 손을 내밀었다.

갑자기 세바스찬이 쭈그리고 앉더니 손을 들고 투명 물고기를 간질이는 시늉을 했다.

엠마와 올렉도 활짝 웃으며 세바스찬 옆에 앉았다.

춤을 추는 아이들을 보며 할머니는 아이들의 머리가 어떻게 된 건 아닌지 걱정했다.

셋은 다시 부둥켜안았다.

세바스찬이 가방을 뒤져 메가트론을 꺼냈다. 버튼을 누르자 종이 상자 뒤편에서 연기가 피어올랐다. 상자들이 쓰러지며 골판지 우주선이 나타났다. 처음 보았던 그 모습 그대로였다.

올렉과 엠마는 세 번째 친구의 얼굴을 마지막으로 한번 본 뒤 사다리를 타고 거실로 내려왔다. 거실에서는 경비 아저씨와 과학자가 고장 난 엔진처럼 코를 고는 아빠를 지켜보고 있었다.

"너희 둘은 마음을 잘 돌보렴. 마음속 잔디가 길게 자라지 않도록 잘 잘라줘. 잔디밭에 떨어진 깡통은 주워서 버리렴. 잔디깎이에 들어가지 않도록 조심해야 해. 깡통이 잘게 조각나 너희들을 아프게 할 수 있단다."

경비 아저씨가 아이들의 머리를 쓰다듬었다.

엠마가 고개를 가우뚱하며 아저씨를 바라보았다. 아저씨는 어깨를 으쓱할 뿐이었다.

"잠시만요!"

갑자기 아저씨가 허둥지둥 다락방으로 올라갔다. 아저씨는 할머니와 세바스찬과 소행성 9000호 앞에 서서 모자를 벗고 공손히 두 손을 모았다.

"할머니, 저도 세바스찬과 함께 이야기 속으로 들어갈 수 있을까요?

이 세계는 저의 세계가 아니에요. 이제는 다시 책 속으로 돌아가고 싶어요. 서로에게 총을 겨누는 세계만 아니면 괜찮아요."

"한번 해보죠."

할머니는 영어를 알아듣지 못 하지만 아저씨가 무슨 말을 하는지 알았다.

"고맙습니다."

아저씨가 다시 모자를 썼다.

쾅, 다락방 문이 닫혔다.

37

아이들과 과학자는 거실에서 잠이 들었다.

올렉의 아빠가 갑자기 번쩍 눈을 떴다. 하지만 바닥에 잠든 올렉과 엠마 그리고 웬 여자를 보고는 꿈이라고 확신했다. 올렉의 아빠는 다시 눈을 감았다.

올렉은 북극을 항해하는 꿈을 꿨다.

엠마는 나일강을 따라 보트를 타고 여행하는 꿈을 꿨다. 피라미드와 울창한 숲, 하늘까지 뻗은 거대한 유리 도시를 두 눈으로 보았다.

과학자는 자기만의 우주선을 타고 친절한 외계인이 사는 행성에 가는 꿈을 꿨다.

늦은 오후가 되어서야 세 사람은 잠에서 깼다. 피자를 주문하고 차를 마시고 텔레비전을 틀어 오래된 크리스마스 영화를 보았다. 번갈아 가며 주전자에 물을 끓였다. 하늘에서 조용히 비가 내렸다. 창문에 물방울이 맺히고 지붕에서 비가 똑똑 떨어졌다.

바깥 도로에 차 한 대가 멈추어 섰다. 순식간에 집안에 긴장감이 감돌았다. 세 사람은 창가로 달려가 유리창 가까이 얼굴을 댔다. 빗방울 때문에 제대로 알아보기가 힘들었다.

"까마귀들이야?"

엠마가 물었다.

"잘 안 보여."

올렉이 말했다.

빗소리와 함께 익숙한 노래가 들려왔다. 세 사람은 동시에 웃음을 터뜨렸다. 아이스크림 트럭에서 나오는 노래였다. 까마귀가 아닌 아이스크림이었다. 크리스마스 이브에 아이스크림 트럭이라니 말이 안 됐지만 세 사람은 불가능한 일들의 마지막 사건쯤으로 여겼다. 올렉과 엠마는 입맛을 다셨다. 과학자가 동전을 건넸다.

아이들은 아이스크림 트럭 앞에서 깜짝 놀라 멈춰 섰다.

엘리사가 트럭에 타고 있었다. 앞치마를 두른 채 한 손에는 아이스크림을 뜨는 동그란 스쿱을 들고 있었다. 엘리사는 올렉과 엠마를 보자마자 고개를 돌렸다.

"엘리사?"

올렉이 말했다.

"왜? 뭐?"

엘리사가 눈에 힘을 주었다.

"너 아이스크림 차에서 일해?"

"그래, 엄마랑 같이."

"엘리사! 초코 막대 꽂으라고 했지! 초코 막대가 우리 트럭의 상징이야! 제대로 좀 해!"

운전석에서 고함 소리가 들려왔다.

"엄마가 항상 저러는 건 아냐. 크리스마스가 다가올 때마다 좀 까칠해지시지. 손님이 별로 없으니까."

엘리사가 말했다.

"꼭 너도 일을 해야 해?"

엄마가 물었다.

"그러지 않으면 아빠를 못 만날 거라고 했거든."

엘리사의 어깨가 축 처졌다.

"중학교 입학시험도 얼마 안 남았잖아."

"엄마는 내가 어느 학교를 가든 관심 없어. 결국 일할 곳은 아이스크림 트럭이니까. 우리 가족 사업이어서 어쩔 수 없대. 그리고 엄마 말이 난 절대 배우가 못 될 거래. 내 목소리가 귀를 따갑게 해서 들어줄 수가 없다나."

"엘리사!"

또 엘리사의 엄마였다.

"뒤통수 한 대 얻어맞고 싶지 않으면 수다는 그만 떠는 게 좋을 거야."

아주 오랜만에 올렉은 아빠에게 고마움을 느꼈다. 그리고 엘리사가 안 됐다고 생각했다. 어떻게 부모가 자기 자식을 종업원처럼 대할 수 있는지 이해할 수 없었다.

"이제 다시 일하러 가야 해."

엘리사가 앞치마에 손을 닦았다.

"그리고 학교에 나 아이스크림 트럭에서 일하는 거 절대 말하면 안
돼."

"약속할게."

올렉과 엠마가 동시에 외쳤다.

엘리사가 아이스크림을 건넸다.

"돈은 안 내도 돼. 엄마한테는 누가 돈도 안 내고 도망갔다고 말하면
되니까. 참, 세바스찬은 어떻게 됐어?"

엘리사가 피곤에 지친 눈을 비볐다.

"세바스찬은 무사해."

올렉이 말했다.

엘리사가 싱긋 웃었다.

"메리 크리스마스, 엘리사."

엠마도 웃었다.

"메리 크리스마스, 귀여운 녀석들."

엘리사가 손을 흔들었다.

★

할머니는 자정이 되어서야 다락방에서 내려왔다. 눈이 벌겋게 충혈되
고 손을 덜덜 떨었다.

할머니가 다락방에서 내려온 건 그해 들어 처음 있는 일이었다. 할머

니는 발바닥에 닿은 부드러운 카펫의 감촉에 미소 지었다.

"다 됐어. 오래 전 함께 일했던 출판사에 내일 전화할 거야."

할머니가 식탁에 종이 뭉치를 내려놓았다.

"진짜 책 한 권을 다 쓴 거예요, 할머니? 하루만에요? 세바스찬과 경비 아저씨가 들어간 이야기를요?"

"그렇다니까. 너희들에게 고맙다는 인사를 해야 할 것 같구나. 너희 이야기를 나에게 맡겨줘서."

"세바스찬을 지켜주셔서 저희도 감사해요, 할머니."

올렉과 엠마가 한 목소리로 말했다.

"이제 난 눈을 좀 부쳐야겠어. 커피를 너무 많이 마셨어. 게다가 손목이 떨어져 나갈 것 같구나."

"할머니?"

올렉이 말했다.

"응?"

"다락방에서 내려오셨네요."

"그랬구나. 이제 자주 내려오마."

할머니가 올렉의 어깨를 토닥였다.

"그나저나 이제 크리스마스예요."

"정말이냐?"

할머니는 부엌을 서성이다 정원에 나가 천천히 한 바퀴 돌았다. 그러고는 집으로 들어와 안락의자에 기대 잠이 들었다. 올렉이 할머니의 얼굴에 묻은 빗물을 닦아주었다. 담요를 가져와 할머니의 무릎에 덮었다.

올렉은 잠든 할머니와 아빠의 얼굴을 물끄러미 바라보았다. 모든 것이 변할까 아니면 그대로일까. 이제 세바스찬도 없는데 아직도 뜻밖의 일이 남았을까?

★

올렉과 엠마는 엠마의 집으로 갔다. 과학자는 작별 인사를 하며 다시 돌아오겠다고 약속했다. 세바스찬이 없으니 온 세상이 고요했다. 빗소리만 귓가에 울릴 뿐이었다.

"우린 다시 시험공부를 해야겠지. 넌 세인트메리중학교 입학시험을 봐야 할 테고."

올렉이 말했다.

"엄마는 그걸 바라지만 그러지 않기로 했어. 그래서 계획을 세웠지. 시험지에 답을 다 엉터리로 쓰는 거야. 그럼 절대 합격하지 못 하겠지. 그러고 나서 너랑 같이 세인트주드중학교 입학시험을 볼 거야."

올렉이 고개를 저었다.

"아니, 갈 수 있다면 가야지. 좋은 학교잖아. 전자 칠판과 가상현실 헤드셋을 갖춘 학교. 선생님들도 가고 싶어서 안달인데."

"아는 사람이 아무도 없잖아."

"사귀게 될 거야. 우린 학교에서 문자 메시지를 주고받을 수도 있고, 학교 마치면 지금처럼 만날 수도 있어. 새로운 친구들이 스콧이나 캘리나 톰보다 나을 거야. 우리가 심술궂게 행동하지만 않는다면 적어도 발가락이 열다섯 개라는 둥 이상한 소문을 퍼뜨리진 않을 거야."

엠마가 생각에 잠겨 올렉의 어깨에 머리를 기댔다.

"넌 걱정 안 돼? 예전엔 나보다 더 걱정했던 것 같은데."

"걱정돼. 하지만 까마귀 대장과 이야기하며 깨달았어. 미래를 알 수 없다고 해서 새로운 도전을 멈춰선 안 된다는 걸. 난 까마귀들처럼 살고 싶지 않아. 우리 즐거운 상상을 하자."

올렉이 멋쩍게 웃었다.

그때 현관문이 열렸다. 엠마의 엄마가 짐이 가득 든 쇼핑백 네 개를 손에 들고 들어왔다.

"케이크 가져왔어!"

엄마가 기분좋게 외쳤다.

"일하고 있을 시간 아니에요? 크리스마스라 밤새 일해야 한다고 했잖아요."

엠마가 말했다. 하지만 자기도 모르게 입꼬리가 올라갔다.

"그만 뒀어. 누가 커피에서 흙 맛이 난다잖아. 앞치마를 벗어던지며 말했지. 직접 만들어서 마시라고. 그 길로 바로 나왔어. 크리스마스에 일 안 할 거야."

엄마가 고개를 절레절레 흔들었다.

올렉과 엠마가 웃음을 터뜨렸다.

"하지만 그만 둬도 괜찮아요? 우린 돈이 없잖아요."

엠마는 이내 걱정스러운 표정을 지었다.

엄마가 봉투 하나를 보여주었다.

"우편함에 이게 있더구나. 수표야. 빚을 갚고도 남을 만큼의 돈이지. 학교에도 벌써 연락했어. 다음 학기부터 다니면 된대. 공부를 꼭 마칠 거야."

"누가 그런 걸 보냈어요?"

"일본에서 보낸 것 같은데 그 사람이 누군지는 확실히 모르겠어. 내 앞으로 온 건 맞아. 아무튼 호의를 거절해선 안 되지."

"일본이요?"

엠마가 말했다. 어렴풋이 떠오르는 이야기가 있었다.

"이제 너희들과 더 많은 시간을 함께 보낼 수 있어. 텔레비전도 다시 설치할 거야."

"텔레비전은 필요 없어요."

"그래? 하긴 나도 필요 없어."

올렉과 엠마는 엠마의 가족과 함께 크리스마스 아침을 기다리며 밤을 샜다. 다 같이 보드게임을 하고 케이크를 먹었다.

엄마와 함께 있는 엠마를 보면서 올렉은 마음이 놓였다. 하지만 아주 조금은 쓸쓸했다.

올리버는 버터처럼 입에서 살살 녹는 칠면조 요리를 내왔다.

핍은 모두에게 종이로 만든 인형을 선물했다.

엠마와 올렉은 물고기 간질이기 춤을 췄다.

엠마의 엄마는 갑자기 쏟아진 비를 흠뻑 맞으며 새벽송을 부르는 사람들에게 따뜻한 차를 대접했다.

그러다 초콜릿이 입에 묻은 채로 모두 거실에서 잠이 들었다.

★

아침이 밝자마자 올렉은 집으로 뛰어 들어가 아빠의 담요를 걷어치웠다.

"아빠, 이제 좀 일어나요. 일어나세요. 일어나요. 일어나라고요!"

아빠가 눈을 게슴츠레하게 떴다. 그러고는 영문을 몰라 두리번거렸다.

"아빠가 힘들다는 거 알아요. 하지만 가끔은 기적같이 불가능한 일도 일어난다고요. 이대로 다 포기해버리면 그럴 기회조차 얻을 수 없잖아요!"

아빠가 눈을 깜빡이며 졸음을 쫓았다.

"괜찮아."

"괜찮긴 뭐가 괜찮아요! 어서 당장 일어나요. 오늘은 크리스마스라고요."

올렉이 아빠를 잡아 흔들었다.

"아프잖아."

"그러니까 이제 일어나요."

"주전자에 물 좀 올려다오."

"벌써 올렸어요."

올렉과 아빠는 찻 잔을 들고 소파에 마주 앉았다.

"전 삼 일 동안 집에 없었어요. 아빠는 그것도 모르고 있었죠."

"그래? 어디 갔었냐?"

"그게 중요한 게 아니에요. 중요한 건 아빠가 저를 잊으면 전 사라진 다는 거예요. 잊힌 사람들은 사라져요. 서서히 잊혀 처음부터 존재하지 않았던 사람이 된다고요."

"올렉, 진정해라."

"진정하고 있어요."

올렉이 깊은 숨을 들이 쉬고 차를 한 모금 마셨다. 아빠는 헝클어진 머리를 손으로 빗어 넘겼다. 젓가락처럼 빼빼 마른 다리와 접시처럼 큼지막한 손을 어찌할 바 모르고 끊임없이 움직였다.

"오늘 새벽에 내가 뭘 했는지 아니?"

올렉은 답이 뻔하다고 생각해서 대답하지 않았다.

"네 할머니의 새 이야기를 읽었어. 할머니가 드디어 새로운 원고를 완성했어. 내 머리맡에 놓여 있더구나. 굉장한 이야기였어. 진짜 재밌고, 재밌는데 슬퍼. 세바스찬 콜이라는 이상한 아이 이야기야."

올렉이 자기도 모르게 픔하고 웃었다.

"미안하다, 올렉. 아빠 때문에 네가 얼마나 힘들었을지 미처 생각하지 못 했어. 내가 이기적이었어. 이제야 깨닫다니 할 말이 없구나. 내가 감당하기 힘든 일은 모두 내버려 두었지. 내가 쓸모없는 인간처럼 느껴졌어. 쓸모없는 인간 같다고 느끼니까 진짜로 쓸모없이 살게 되었어."

"괜찮아요, 아빠."

올렉은 아빠가 자책하는 걸 원하지 않았다. 처음으로 아빠의 얼굴이 얼마나 달라졌는지 눈에 보였다. 덥수룩한 턱수염이 군데군데 희끗했다. 눈가에도 주름살이 늘었다.

"아니, 괜찮지 않을 거야. 괜찮아지도록 노력하마. 네 할머니처럼 나도
할 수 있을 거야."

"좋아요."

"그리고 크리스마스에 아무 선물도 못 해줘서 미안하구나."

"제가 바라는 건 선물이 아니에요."

올렉과 아빠는 서로를 꼭 안았다.

올렉은 아빠를 오래도록 놓지 않았다.

다음 날 아침, 우편함에 편지가 한 통 와 있었다. 주방 용품을 취급하
는 일본의 큰 회사 대표가 보낸 편지였다.

친애하는 두호닉 씨께

긴 목도리를 두르고 다니는 귀여운 녀석의 소개로 귀하를 알게 되어 연
락드립니다. 주방 용품을 판매한 경력이 있지만 지금은 쉬고 계시다고 들
었습니다. 우리 회사는 영국에 여러 지점을 두고 있습니다. 두호닉 씨가
거주하는 지역에 우리 회사의 새로운 지점을 열 계획입니다. 판매 사원으
로 우리와 함께 일하지 않겠습니까. 참고로 우리 회사의 주력 상품은 치
즈 강판입니다. 그럼 답변 기다리겠습니다. 돌아오는 월요일부터 함께 일
할 수 있으면 좋겠습니다.

엘리엇

바게트 키친, 도쿄 본점에서

38

학교에서도 변화가 일어났다. 창고에 갇힌 채 이틀을 함께 보낸 클레이 선생님과 모어컴 선생님은 다시 대화를 나누게 되었다. 모어컴 선생님은 어렸을 적 일로 여전히 화가 나 있는 자신이 어리석었다고 고백했다. 클레이 선생님은 어린 시절의 잘못에 대해 사과했다. 어른이 될 때까지 클레이 선생님의 마음에는 내내 먹구름이 끼어 있었다.

"정말 미안하다."

클레이 선생님이 백열한 번째로 사과했다.

"이제 됐어. 진짜로 그만하고 여기서 즐겁게 지낼 방법을 찾아보자."

모어컴 선생님이 클레이 선생님의 손을 잡았다.

선생님들은 분실물 더미에서 던전 앤 드래곤 게임을 찾아냈다. 창고에 함께 있던 선생님들이 모두 게임에 참여했다. 말이 종이판 위를 신나게 돌아다니는 동안 용은 죽고 마을이 되살아났다.

며칠 후 학교에 새로운 선생님이 왔다. 바로 과학자였다. 과학자의 이름은 창이었다. 창 선생님은 물리와 생물을 가르쳤다. 아이들을 데리고 근처 숲을 탐험하기도 하고 바다 생물 다큐멘터리를 보여주기도 했다.

일 년에 한 번은 부모의 허락을 받아 아이들과 학교에서 밤을 지샜다. 아이들은 모두 침낭을 가지고 학교 옥상에 누워 별을 보았다.

"저기 오리온 자리가 있구나. 저건 카시오페이아 자리. 허영심 많았던 카시오페이아 여왕에 관한 이야기를 들어보겠니?"

아이들은 귀를 쫑긋 세웠다.

엠마와 올렉은 엘리사와 조금 더 가까워졌다. 친구가 되었다고 말하긴 어렵지만. 불가능한 일은 더 이상 일어나지 않는 것 같았다. 그래도 그럭저럭 잘 지냈다.

엘리사 엄마의 아이스크림 트럭은 크리스마스가 지난 지 얼마 안 되어 더 이상 영업을 할 수 없게 되었다. 위생 검사관이 냉동실에서 엄청난 양의 염소 똥을 발견했기 때문이다. 엘리사는 마음껏 중학교 입학시험을 준비할 수 있었다. 엘리사는 그 지역에서 가장 좋은 중학교에 입학했고 어른이 되어서는 법원에서 일하게 되었다.

여자 눈사람들은 북극에 이르지 못 했다. 새 주택단지 근처에 닿았을 뿐이었다. 눈사람들은 호수가 되었다. 하루아침에 생긴 호수는 마을 아이들에게 최고의 크리스마스 선물이었다. 호수는 매년 겨울 꽁꽁 얼어붙었고 아이들은 아이스 스케이트를 타고 놀았다. 여름에는 마을 사람들 모두 시원한 호수에서 물놀이를 했다.

올렉과 엠마는 여느 아이들처럼 천천히 자라다가 어느 순간 쑥 컸다. 서로 다른 중학교에 입학해서 새 친구를 사귀었다. 하지만 서로를 잊지 않았다. 학교에 새로 온 경비 아저씨는 운동장 구석에 숨어든 두 청소년을 몇 번이고 쫓아내야 했다.

엠마는 기자가 되었다. 이상하고 슬프지만 사람들에게 영감을 주는 이야기를 찾아 전 세계를 누볐다. 엠마의 엄마는 신문에 딸이 쓴 기사가 실릴 때마다 오려서 공책에 붙였다. 공책은 두꺼운 성경책보다 더 두꺼워졌다.

올렉은 곤충학자가 되었다. 새로운 곤충을 찾기 위해 정글과 숲을 가리지 않고 쏘다녔다. 올렉은 마침내 새로운 종을 발견했는데 세바스차누스 콜리아라는 이름을 붙였다.

올렉의 아빠는 치즈 강판 판매왕에 올랐다. 곧 회사의 여러 지점을 직접 운영하는 지점장이 되었다. 매년 여름이면 이탈리아 아말피 해안으로 떠나 일주일 동안 햇살 아래서 잠을 잤다. 아니, 잠만 잤다.

엠마의 엄마는 경영학 학위를 딴 후 올리버와 함께 레스토랑을 열었다. 레스토랑은 버드나무 숲의 나무 네 그루를 이어서 지은 커다란 나무집 안에 있었다. (만약 레스토랑을 방문한다면 호박 라자냐를 추천한다.)

가끔 올렉의 아빠와 할머니는 올리버의 레스토랑에서 식사를 했다. 두 사람은 항상 최소 여섯 가지 음식을 주문했다. 몇 시간이고 앉아서 이야기를 주고받다 나무 뒤편으로 저무는 해를 바라보았다. 가게 문을 닫을 시간이 되면 엠마의 엄마도 와인 한 잔을 들고 한 자리를 차지했다.

그들은 모두 올렉과 엠마를 그리워했다. 올렉과 엠마는 나라 안에 있는 시간보다 나라 밖을 떠도는 시간이 더 길었다.

　매년 크리스마스가 다가오면 올렉과 엠마는 세계 어디에 있든 휴대전화로 밤새 통화를 했다. 올렉의 할머니가 쓴 책에서 함께 세바스찬을 만났다. 그나저나 책의 제목은 바로 이것이었다. 임파서블 보이.

　톡.

　톡.

일러두기

✹ 울핏의 초록 아이들 사건은 실화다. 12세기 영국 잉글랜드 남동부 서퍽 지역에서 실제로 일어난 사건이다. 그들이 누구이며 어디서 왔는지는 아무도 밝혀내지 못 했다. 아이들은 낯선 언어를 썼고 오직 초록색 콩만 먹었다.

✹ 소행성 B612는 생텍쥐베리의 동화 『어린왕자』에서 어린왕자가 사는 별의 이름이다.

✹ 프란츠 사베르 폰 잭 남작은 18세기 말, 사라진 행성을 찾고자 다른 천문학자들과 '우주 경찰' 이라는 단체를 만들었다.

✹ 상상계 연구소는 공식적으로 존재하는 정부 산하 연구소가 아니다.

감사의 말

　지루하던 학창 시절, 나와 함께 세바스찬 콜이라는 아이를 상상 속에서 탄생시킨 댄에게 감사한다. 이 이야기가 책으로 태어날 수 있도록 날 부추긴 레나타에게 감사한다. 다뉴브 강 양쪽에 사는 세계 최고로 똑똑하고 다정한 나의 친구들 잰과 케이티에게 감사한다. 책에서 어른들의 이야기를 손봐준 매튜에게 감사한다. 인내심을 가지고 이야기를 다듬어준 틱에게 감사한다. 세라와 루스를 비롯한 출판사 팀원들의 노고에 깊이 감사드린다. 그리고 무엇보다도 독자 여러분, 특별히 지금 이 글을 읽고 있는 여러분께 감사한다. 왜냐하면 이미 이야기가 끝났지만 책을 덮지 않았기 때문이다. 이 감사의 말은 무척 지루한데도 말이다.

옮긴이 허 진

중앙대학교 법학과를 졸업하고 기자로 일했습니다. 〈한겨레어린이청소년책 번역가그룹〉에서
공부했으며, 〈한겨레 아동문학 작가학교〉를 수료했습니다. 옮긴 책으로는 『에비와 동물 친구
들』이 있습니다. 어린 시절 읽은 좋은 책과 여전히 친구 사이로 지내고 있습니다. 어린이와 청
소년에게 좋은 친구가 될 만한 책을 찾아 기획하고 번역하는 전문 번역가로 활동 중입니다.

임파서블 보이

2020년 7월 13일 1판 1쇄 발행

글쓴이 | 벤 브룩스
옮긴이 | 허 진

발행인 | 지준섭
책임편집 | 구미진

출판등록 | 2018년 10월 25일 제25100-2018-000071호
주소 | 서울시 노원구 노원로 428, 206동 406호
전화 | 010-5342-4466 팩스 | 02-933-4456

ISBN 979-11-90618-06-9 43840